ぶらり平蔵

決定版⑭上意討ち

吉岡道夫

コスミック・時代文庫

本書は二〇一二年十一月に刊行された「ぶらり平蔵　上意討ち」を改訂した「決定版」です。

目次

「ぶらり平蔵」主な登場人物

神谷平蔵《かみやへいぞう》　旗本千八百石、神谷家の次男。医者にして鐘捲《かねまき》流の剣客。千駄木の家を火事で焼け出され、妻の篠《しの》とともに東本願寺裏に移り住む。

矢部伝八郎《やべでんぱちろう》　平蔵の剣友。武家の寡婦《かふ》・育代《いくよ》と所帯を持ち小網町道場に暮らす。

斧田晋吾《おのだしんご》　北町奉行所定町廻り同心。スッポンの異名を持つ探索の腕利き。

峪田弥平治《さこたやへいじ》　起倒《きとう》流柔術の道場主。新発田《しばた》藩の藩士だったが禄を返上し江戸へ。

お登勢《とせ》　箱根の湯宿の元女中。夫を殺されて独り身だったが、峪田の妻に。

滝蔵《たきぞう》　火消し［る組］の頭《かしら》。面倒見のいい下谷《したや》の顔役。

成宮圭之助《なるみやけいのすけ》　水無月《みなづき》藩郷方廻《ごうかたまわ》り。藩主の横暴に逆らい、許嫁《いいなずけ》の由乃とともに脱藩。

平岡由乃《ひらおかよしの》　郡《こおり》奉行・平岡源右衛門《げんえもん》の娘。許嫁の圭之助とともに脱藩して江戸へ。

高坂将監《こうさかしょうげん》　水無月藩郡代。平岡源右衛門とともに藩政の是正をめざす。

下野守宗勝《しもつけのかみむねかつ》　水無月藩藩主。漁色《ぎょしょく》の癖《へき》があり、君命で由乃を側女《そばめ》にすべく企む。

三沢主膳《みさわしゅぜん》　下野守宗勝の側用人。娘を藩主に献じて出世した佞臣《ねいしん》。

臼井孫十郎《うすいまごじゅうろう》　水無月藩先手頭《さきてがしら》。三沢主膳の懐刀。

高村内記《たかむらないき》　水無月藩江戸家老。

鉢谷甚之介《はちやじんのすけ》　圭之助の幼馴染《おさななじ》み。上意討ちを命じられ、圭之助と果たし合いに。

鉢谷芙美《ふみ》　甚之介の妻。寺社奉行・安藤采女正《あんどううねめのしょう》の娘。

佐川七郎太《さがわしちろうた》　因州《いんしゅう》浪人。水無月藩の刺客として平蔵と刃をかわすが、のちに和解。

宗源禅師《そうげんぜんじ》　下谷・禅念寺《ぜんねんじ》の住職。圭之助と由乃を水無月藩の討っ手から匿《かくま》う。

岩井平内《いわいへいない》　大道易者を生業《なりわい》とする浪人。梶派一刀流の遣《つか》い手。

仁左衛門《じんざえもん》　浅草瓦町《かわらまち》の武具屋［蓬莱屋《ほうらいや》］の主人。

若尾大夫《わかおだゆう》　旅回り一座の花形役者。圭之助たちの江戸市中潜入を手助けする。

第一章 脱藩

一

——皐月《さつき》（五月）半ば過ぎのことである。

間もなく日暮れ近い山岳の中腹を二人連れの若い男女が、生い茂る熊笹《くまざさ》をかきわけ、手に手をとりあいつつ、懸命に這いあがってきた。

男は菅笠《すげがさ》に野袴《のばかま》をつけ、手甲脚絆《てっこうきゃはん》に草鞋《わらじば》履き、油紙の負い袋を斜めに背負い、腰には両刀を帯びている。

見るからに筋骨逞《たくま》しい若侍だった。

女は地味な鼠色《ねずみいろ》の木綿地の、筒袖《つつそで》の裾《すそ》を膝下までたくしあげている。

頭に菅笠をかぶり、紺《こん》の手甲脚絆をつけ、足は白足袋《しろたび》に草鞋履きだった。

百姓女のような格好だが、帯に懐剣《かいけん》を手挟《たばさ》んでいるところをみると、身分のある武家の娘のようだった。

化粧もせず、素顔のままだったが、眉目《びもく》は凛《りん》としていて、気性の強さを感じさせる。

侍の名は成宮圭之助《なるみやけいのすけ》、今年二十五歳になる。

水無月藩郡奉行《みなづきはんこおりぶぎょう》配下の郷方廻《ごうかたまわ》りの役人で、禄高は二十五石の軽輩だった。

十四のときから城下の無外流《むがいりゅう》の畑中《はたなか》道場に通っていた圭之助は師から剣才を認められ、いまは門弟筆頭をしている。

水無月藩では禄高百石以上の者は上士身分、以下の者は下士身分にわけられ、上士の子弟はタイ捨流《しゃりゅう》の山岡《やまおか》道場に通い、下士の子弟は無外流の畑中道場に通うことが原則となっていた。

婚姻《こんいん》も上士身分と下士身分とのあいだでかわされることはないのが不文律《ふぶんりつ》のようになっている。

娘は圭之助の六つ年下の許婚《いいなずけ》で、由乃《よしの》という。

父の平岡源右衛門《ひらおかげんえもん》は禄高二百五十石、郡奉行を務めている。

平岡家は二百五十石の上士、成宮家は二十五石の下士。水無月藩では身分不釣り合いで婚姻にはふさわしくない間柄だった。

しかし、平岡源右衛門はかつて禄高八十石の下士身分で郡代配下の与力だったときから由乃の婿《むこ》は成宮圭之助ときめていた。

平岡源右衛門は先代藩主の時、百姓が一揆《いっき》を起こす決起の寸前に単身乗り込んで説得し、ことなく静めた功績を認められて一躍、郡奉行に抜擢《ばってき》されたのである。

郷方のことは源右衛門に聞けといわれているほど、藩内の田畑から山林にいたるまで、帳簿を見るまでもなく掌《たなごころ》をさすように知り尽くしていた。

庄屋や百姓たちの信頼も絶大で、いずれは執政《しっせい》入りするだろうと、だれしもが期待している人物だった。

ただし、日焼けした顔つきはいかにも憎さげで、毛虫のような太く黒い眉毛の下に、人を睥睨《へいげい》するような団栗眼《どんぐりまなこ》が光っている。

人もなげな、いかつい角顔で唇をへの字に引き結んで会議の席で持論を主張すると、執政たちでさえもつい引け腰になるような魁偉《かいい》な風貌をしていた。

希代《きたい》なことに娘の由乃は、これがあの源右衛門の実子かと目を疑いたくなるほどの美貌だった。

圭之助と由乃は、幼いころは郷方役人の組屋敷が隣り合っていた。

ちいさいころは裸になって川遊びもしたし、六つのときに母を亡くした由乃を圭之助の母が娘のように可愛がり、手習いや手料理を教えたりしていた。

由乃が年上の悪童にからかわれて泣いていると、圭之助が棒切れを手にして立ち向かったこともある。

まわりの者も、いずれ由乃は圭之助の嫁になるだろうと噂《うわさ》していた。

由乃の父の源右衛門も、圭之助を我が子のように目にかけて、ことあるごとに屋敷に呼んで酒を酌《く》み交わし、農政談義をするのを楽しみにしていた。

由乃が年頃になると藩重役の二男や三男から養子にという口も数多《あまた》あったが、源右衛門はすでに婿はきまっておりもうすと撥《は》ねつけてきた。

二年前に病死した父の跡を圭之助が継ぐのを待って二人の婚約を披露《ひろう》し、この秋には婚儀をとりおこなうことになっていた。

圭之助には兄弟はなく、由乃もまた一人娘だったが、二人の初子《ういご》を養子にして平岡家の跡目を継がせる約束になっている。

源右衛門はそれほどに、圭之助の人物を高く評価していたのである。

ところが今年の春、城内で催された観梅の宴で上士の娘たちが舞いを披露した時、能舞台の袖で琴《こと》を弾じている由乃の容姿に参勤交代で帰国していた藩主が目をつけたのである。

由乃は五尺二寸（約百五十八センチ）と女にしては上背があり、藩主に目通りしたときも物怖《ものお》じひとつせず、黒々とした双眸《そうぼう》で藩主を見つめ、受け答えもはきはきしていた。

現藩主の下野守宗勝《しもつけのかみむねかつ》は、名君といわれた先代とはおおちがいで我意が強く、かつ漁色《ぎょしょく》の癖《へき》があった。

そのため藩士はもとより、城下の商人たちも器量よしの娘を競って側女《そばめ》に献じた。

その見返りに加増されて出世した藩士や、商いの利権を手にいれたりする商人たちも十指にあまる。

献じられた娘は、いずれも深窓育ちの嫋々《じょうじょう》たる手弱女《たおやめ》ばかりであった。

しかし、由乃は立ち居振る舞いもきびきびし、藩主の宗勝を前にしても臆するようなところは微塵《みじん》も見られなかった。

女は娘と呼ばれるのは十六歳までで、そのあとは新造《しんぞ》、二十歳《はたち》過ぎると年増《としま》、二十四、五から二十七、八までが中年増、そのあとは大年増にはいる。

由乃はすでに十九歳、新造の部類にはいる口で、未婚の娘にしては年をくっていた。

それだけに胸や腰、腿の肉付きもみっしりと脂《あぶら》がのっていて、まさに女の成熟期を迎えようとしていたのである。

色白の肌ではなかったが、健《すこ》やかな小麦色の皮膚は肌理《きめ》がこまかく、艶《つや》やかな魅惑を感じさせる。

手弱女にはない魅力がみちみちていたのである。

――あのようなおなごを臥所《ふしど》に組み敷いて、思うさま囀《さえず》らせてみたいものよ……。

むらむらと遊心《ゆうしん》をそそられた宗勝は、側用人《そばようにん》の三沢主膳《みさわしゅぜん》を通じ、奥女中として君側に仕えよという沙汰《さた》をくだした。

君側に仕えよとは、藩主の臥所に侍《はべ》るということにほかならない。

すでに婚姻がきまっている娘を、君命で奪おうというのである。

いくら藩主といえども無理無体な沙汰ではあった。

しかし、事の理《り》、非理《ひり》が通じる藩主ではなかった。

二

二人が早くに婚していればよかったのだが、そのころ圭之助が剣術に打ち込んでいたせいと、母が病いに臥《ふ》せっていたため、婚儀をのびのびにしてきたことが仇《あだ》となったともいえる。

圭之助にとってはたった一人の肉親である母親が昨年の秋に亡くなったので、その喪《も》が明けるのを待って嫁入ることになっていたところだった。

剛直な平岡源右衛門は、藩主の内意をにべもなく一蹴《いっしゅう》した。

「由乃の婿はとうから、成宮圭之助ときまっておりもうす」

平岡源右衛門は太い毛虫眉毛の下から、いかつい団栗眼を炯々《けいけい》とひんむき、使者に向かって傲然《ごうぜん》と言い放った。

「このことはすでに藩にも届けずみのこと、いかに殿のご沙汰といえどもお受けするわけにはまいりませせぬな」

だが、それであきらめるような藩主ではなく、再度、側用人の三沢主膳を通じて由乃を奉公に差し出すよう命じた。

三沢主膳は屋敷に平岡源右衛門を呼び出し、説得にあたった。

「よいか、たかだか二、三年のご奉公じゃ。そのあとだれを婿に迎えようとかまわぬと殿は仰《おお》せられておる」

平岡源右衛門を呼びつけた三沢主膳は頭ごなしにきめつけてきた。

「源右衛門。これは殿の上意ぞ。しかも、お受けすれば、そちを勘定《かんじょう》奉行にしてもよいという含みもある」

――さぁ、どうだ……。

といわんばかりに、三沢主膳は膝を押しすすめてにんまりした。

「よいか、由乃が殿のお側にあがって殿の御子でも授かろうものなら、それこそ平岡家にとってはまたとない名誉じゃ」

三沢主膳は声をひそめて、ささやいた。

「そればかりではないぞ。むろんのこと圭之助の出世にもつながる。ま、郡奉行ぐらいにはなれるだろうて、ン……こんな果報はまたとあるまいが」

しかし源右衛門は毛虫眉を跳ね上げて、嘲笑《あざわら》うかのように分厚い唇をひんまげた。

「ほう、奥女中というのは表向きでござるか」

「こ、これ、そうむきつけにもうさずともよかろうが。殿のお側御用を務めればそういうこともあろうということじゃ」

主膳は猫撫《ねこな》で声になって源右衛門を懸命に懐柔《かいじゅう》しようとした。

「なにせ、御内室は江戸表におられるうえ、殿はまだまだ壮健。御側御用を務めるうちに殿の御手がつかんともかぎらん」

「ははぁ、つまりは由乃を側女に献じよということでござるな」

「ま、ま、そういう含みもあるということよ。そうなれば平岡家にとっても末代までの名誉であろうが」

「なにが、名誉！」

源右衛門は分厚い唇をへの字に引き結び、昂然《こうぜん》と言い放った。

「余人は知らず、この平岡源右衛門、娘を殿の臥所に献じて出世しようなどという、武士にあるまじき、さもしい根性は露《つゆ》ほども持ちあわせてはおりませぬ」

「なにぃ。さもしいとはなんじゃ、さもしいとは……殿の御為には身命をもなげうつのが武士ではないのか」

三沢主膳は品のいい面長《おもなが》の顔に怒気を浮かべて居丈高《いたけだか》にきめつけた。

「たかが娘ひとり、喜んで殿のお側に差し出すことで御意《ぎょい》に適《かな》うとあれば家門の名誉、これに勝ることはあるまい」

「これは奇体《きたい》なことをもうされる」

源右衛門は膝をおしすすめてにじりよると、猛然と食ってかかった。

「もとよりそれがしも武士のはしくれ、いざ合戦ともなれば殿の馬前に身命をなげうつ覚悟にござるが、わが娘に殿の枕の塵払《ちりはら》いをさせることが武士のご奉公とは露思うたこともござらぬ」

「こ、これ！　枕の塵払いとはなんじゃ」

「君側に献じるというのは側女に差し出せというのもおなじこと、なんと仰せられようが、それがし、わが娘を妾奉公《めかけぼうこう》に差し出すつもりは毛頭ござらぬ」

源右衛門は木で鼻をくくるように、にべもなく言い放った。

「なにぃ……」

三沢主膳は血相を変えて睨《にら》みつけた。

「妾奉公とは聞き捨てならん。いま一度もうしてみよ」

「よろしいか。すでに殿には江戸に御内室もおわせば、側室も五指にあまり、すでに世継ぎの御子ももうけておられまする。そのうえ、さらに由乃を殿の臥所に献じよという仰せは、娘を妾に差し出せともうされているのもおなじことでござろう」

「ううっ……」

「いにしえより閨房《けいぼう》乱れるときは天下乱れるともうす。かの豊太閤《ほうたいこう》も淀君《よどぎみ》のために天下を失われたのは、貴殿もよくご存じのはずでござろう」

　源右衛門は昂然と胸を張った。

「わが水無月藩が危急存亡の危地に陥り、人柱を立てる羽目になったときは、それがし先陣きって生け贄《いにえ》にもなりもうそう。なれど、わが娘を殿のいっときの慰みに臥所に献じよともうされても、この源右衛門、断じて承伏《しょうふく》いたしかねもうす」

「こ、こやつ……目の前の出世が目にはいらぬ、この愚か者めが！」

「はばかりながら、三沢どのはともかくこの平岡源右衛門、娘の股ぐらで出世したと陰口たたかれる身にはなりたくござらぬ」

「ううっ……」

　主膳は美貌で聞こえた最愛の一人娘を献じ、他家から養子を迎えるという苦肉の策まで弄《ろう》して側用人にのぼりつめた男で、藩内では——娘の股ぐらで出世した男——と陰でささやかれていることは知っている。

この源右衛門の一言は痛烈な揶揄《やゆ》であり、あきらかに主膳に対する軽侮《けいぶ》のあらわれでもあった。

「おのれっ！　ようもほざいたな」

額に青筋たてている三沢主膳を尻目に、平岡源右衛門はいかつい肩をそびやかし、悠々と座を蹴って立ち去った。

三

帰宅した平岡源右衛門は、到底このままではおさまるまいと覚悟していた。すぐさま由乃に事の子細《しさい》を告げて、圭之助と駆け落ちしてでも添い遂げる覚悟があるかと問うた。

由乃は、万が一殿の側女に献じられることになれば自害する覚悟でいたと告げた。

「よし、それでこそ、わが娘じゃ」

莞爾《かんじ》とした源右衛門はすぐさま由乃に身支度をさせ、藩内の栃沢郡《とちざわごおり》で庄屋をしている大百姓の藤右衛門《とうえもん》のもとに向かわせた。

藤右衛門の妹は病身だった妻にかわって由乃の乳母《うば》をしていて、由乃が乳ばなれするまで添い寝してくれた女だった。

由乃を下男とともに栃沢郡に向かわせた源右衛門は、すぐさま家士を成宮圭之助のもとに走らせた。

駆けつけてきた圭之助に源右衛門は一部始終を告げて、由乃とともに脱藩し、生涯添い遂げる覚悟があるかを問うた。

脱藩は天下の御法度《ごはっと》、追っ手が放たれることを覚悟しなければならない。

しかも由乃を連れての脱藩となれば、駆け落ち者の汚名もかぶることになるだろう。

いずれも天下の御法を犯す重罪、いうなれば茨《いばら》の道である。

しかし圭之助は迷うこともなく、由乃とともに茨の道に向かうことを選んだ。

ただ、藩主の意向に背いたあとの平岡家の先行きを案じた。

「なんの、平岡の家のことなど些細《ささい》なことよ。そもそも、娘を側女に献じなんだというて、なんの罪に問うというのじゃ」

平岡源右衛門は昂然と言い放った。

「それで、万が一わが家を取りつぶすというならそれもよし、腹切れと沙汰があれば見事、腹搔き切ってみせようぞ。おのれの一分《いちぶん》を曲げてまで家名を守るような武士は武士にあらず」

平岡源右衛門は君主に非があれば糺《ただ》すのが武士の道と信奉している古武士であった。

源右衛門は家宝の津田越前守助弘《つだえちぜんのかみすけひろ》の大刀と屋敷にあった八十五両の金を路銀として圭之助に渡し、不退転の決意をしめした。

「由乃とともに成宮の血筋と平岡の血筋を絶やさぬよう子を生み、大事に育ててくれ。それがわしのたっての頼みじゃ」

そもそも士道を貫くのが武士、仕えて甲斐《かい》ない藩主に阿諛迎合《あゆげいごう》して禄にしがみつくような武士はもはや武士とはいえぬ、源右衛門の決意には微塵の迷いもなかった。

「かようなこともあろうかと思い、郡代に願い出て、ひそかに二人の道中手形は用意しておいたが、いずれは殿の内意を受けた追っ手がかかろう。できるだけ人目につかぬ間道をたどることじゃな」

郡代の高坂将監《こうさかしょうげん》は藩草創以来の名門でもあり、代々の藩主も一目置く家柄で、かねてから現藩主宗勝の振る舞いを苦々しく思っていた人物だった。

平岡源右衛門の決意の裏には高坂将監とともに藩政を糺したいという思いも秘められているのだろう、と圭之助は察した。

また、たとえそうでなくとも、一旦妻ときめた由乃を藩主の漁色の枕頭《ちんとう》に差し出すくらいなら市井《しせい》に朽ち果てても悔《く》いることはなかった。

平岡源右衛門は二人の道中手形を圭之助に渡し、江戸浅草《あさくさ》にある禅念寺《ぜんねんじ》を訪ねるがよいと言い添えた。

禅念寺は貧乏寺だが、住職の宗源《そうげん》は気骨のある僧侶で、源右衛門が江戸藩邸にいた若いころ昵懇《じっこん》になって以来、いまだに音信を交わしている間柄だという。

「この文《ふみ》を見せて二人の身のふりかたを頼めば、かならずや力になってくれよう」

四

圭之助はすぐさま旅支度をととのえると由乃とともに城下を離れ、藩境の水無月岳をめざした。

由乃は乳母が用意してくれた下着と着替えの着物や足袋、道中薬などを包んだ風呂敷包みを背負っていた。

圭之助は打ち飼《うが》いに干し米と旅の常備薬の包みを入れ、腰には先祖伝来の南紀《なんき》重國《しげくに》の脇差しと源右衛門から形見にもらった越前守助弘の大刀を帯び、山猟師のように弓矢を携《たずさ》えている。

足には革足袋を履き、兎《うさぎ》の皮を縫いあわせた胴衣を二着、油紙の負い袋に包んで背負っていた。

その負い袋のうえには、松脂《まつやに》をたっぷりとしみこませた枯れ松の根株をいくつか縄で束ねて結わいつけてある。

松脂は、焚《た》き火をするとき火もちがするからだった。

郷方の同心である圭之助は山の冷気が夏でも厳しいことを熟知していた。

水無月岳は隣国との境目にあり、道らしき道とてない険峻《けんしゅん》である。

万が一、狼《おおかみ》や猪《いのしし》などが近づいてきたとき威嚇《いかく》する獣脅《おど》しの鈴を腰につけ、笹藪《ささやぶ》をかきわけての登攀《とうはん》である。

山麓《さんろく》にさしかかったとき、圭之助の脱藩を知って三沢主膳の命を受けた数人の討っ手が馬を走らせて追いついてきた。

討っ手はいずれも上士の子弟で、山岡道場の高弟だった。

「おのれ、殿の上意に背いた不忠者め！　われらが成敗してくれるわ！」

いっせいに馬を飛び降り、鋒《きつさき》そろえて斬《き》りかかってきた。

圭之助は懐剣を手にした由乃を背後にかばいつつ、平岡源右衛門からいただいたばかりの助弘の大刀を抜き放った。

相手は山岡道場の高弟ばかりだが、気《き》後《おく》れは微塵も感じなかった。

ただ、真剣を手にして人と斬り合ったことは一度もなかったが、山犬や狼と戦ったことは何度かある。

なぜか、そのときの方が今よりもはるかに恐怖を感じた。

山犬や狼はその動きも人より数倍も敏捷《びんしよう》で跳躍力もあるし、傷ついても闘争心を失わない獰猛《どうもう》な生き物だった。

しかし、この討っ手は道場で面や胴衣や籠手《こて》をつけての稽古《けいこ》しかしていないことはわかっていたからだ。

果たして討っ手はヤ声《ごえ》をかけるだけで、容易には斬りつけてこなかった。

「よいか！　おなごは斬るなという仰せだ。始末するのは圭之助一人だけだぞ」

討っ手のなかで禄高がもっとも高い小姓組《こしようぐみ》の息子が仲間に指示している声を耳にして、圭之助は由乃のことは案じるまでもないと判断し、みずから先手を取って討っ手のなかに斬りこんでいった。

思ったとおり、刃《やいば》と刃が嚙みあっただけで討っ手はたちまち怯《ひる》み、怖じ気づいた。

山犬や狼はすこしぐらいの傷では怯まないが、討っ手は掠《かす》り傷をうけて出血しただけで戦意をなくしてしまう。

そうとわかれば、あえて討っ手の命まで奪うつもりはなかった。

圭之助には討っ手に対する殺意や憎悪は毛筋ほどもなかったから、ただ戦意を失わせるだけでよかったのである。

圭之助は相手の籠手を、胴を、足を狙ったが、骨まで断ち斬るような剣は遣《つか》わなかった。

果たして討っ手は血を見ただけで悲鳴をあげたり、呻《うめ》き声を発して戦列を離れていった。

斬り合いともいえない小競り合いの末に討っ手は戦闘意欲を失ったらしく、四散していった。

五

さらなる討っ手が来る前に藩外に脱出しようと、圭之助は由乃を励ましつつ、水無月岳を登りつめていった。

圭之助は日頃から藩内の山岳には数えきれないほど登攀していたものの、果たして由乃がついてこられるかどうかを危ぶんだが、由乃は女にしては足腰も並みの娘とはちがってしっかりしていた。

途中、圭之助は水無月岳に棲息《せいそく》している鶉《うずら》を一羽と、野兎を一羽、半弓で射止めて足を束ねて肩にかついだ。

二人は五つ半（午後九時）ごろには水無月岳の中腹にまでたどりつくことができた。

ふりかえれば、早くもあらたな追っ手の松明《たいまつ》の灯りが山裾から山肌を這い登ってくるのが、半弦の月明かりに見える。

圭之助は山腹の竹藪のなかで由乃と向かい合い、瓢簞《ひょうたん》の水をわかちあった。

「由乃どの。できれば追っ手と斬り合いはしたくない。なかには道場仲間もいるだろうし、郷方の同心もいるだろう。できるだけ無益な殺生《せっしょう》は避けたいのだ」

由乃は深ぶかとうなずいて、ひたと圭之助の目を見つめた。

「何事も圭之助さまのなさりたいようにしてくださいまし。万が一わたくしが足手まといになるようでしたら、わたくしを刺して圭之助さまおひとりで落ち延びてくださってもかまいませぬ」

「なにをもうす。そなたは、もはやわしの妻ではないか。藩を捨てたときから死ぬるときはそなたといっしょときめておる」

圭之助は、由乃の肩に両手をむんずとのばし抱き寄せた。

ひしと縋《すが》りついてきた由乃の菅笠の結び紐《ひも》も腕の手甲を結んである紐も、まるで十五、六の小娘のように明るい緋色《ひいろ》なのが、このうえもなく可憐《かれん》でいじらしかった。

「とうのむかしから、わしの妻はそなたときめていた。たとえ三途《さんず》の川をともに渡ることになろうとも悔いはござらぬ」

「圭之助さま……」

ひたと圭之助を見あげた由乃は、双眸を閉じて圭之助の胸に顔を埋めた。

由乃とて、まだ少女のころから圭之助をひそかに慕いつづけていたのだ。

色好みの藩主の側女になるくらいなら、自害する覚悟だと父に告げてきた矢先である。

この先、どんな苦難があろうとも圭之助といっしょにいられるなら、悔いることは露ほどもなかった。

「おそらく追っ手はわれらが山越えして藩境を越えると見ているにちがいない。わしはその裏をかこうと思う」

「裏ともうされますと……」

「水無月の渓谷に沿って藩境を越えようと思う。岩に足を滑らせて川に落ちることもあるかも知れぬが、そなたはちいさいときから泳ぎは達者だったろう。五つか六つのときには素潜りもしておったな」

「え、ええ……」

圭之助の汗ばんだ厚い胸に頰をそっとおしあて、由乃はうなずいた。

「よう、ご存じですこと……」

「うまくいくかどうかはわからんが、死ぬるときは二人いっしょぞ」

「はい。圭之助さまとなら、由乃はすこしも怖くありませぬ」

「よういうた。離れまいぞ」

圭之助は由乃の手首をつかみしめると腰をあげた。

山の端に半月がかかり、山中は漆黒《しっこく》の闇に閉ざされていた。

六

水無月藩は尾張《おわり》、甲斐《かい》、信濃《しなの》、駿河《するが》の狭間《はざま》にある禄高三万五千石、山峡《さんきょう》の小藩であって、表高に見合った米麦が穫れる年はほとんどなかった。

だが、隣国の小藩の岳崗藩《たけおかはん》に楮《こうぞ》や漆《うるし》などの特産品があるように、水無月藩も藩草創のときから山裾に桑《くわ》の木を植林し、養蚕《ようさん》と葉莨《はたばこ》の産出を奨励したおかげで生糸《きいと》と絹織物、葉莨を産することで藩庫をおおいに潤《うるお》してきたのだ。

そのため禄高はすくないが、藩財政は優に五万石の大名を凌駕《りょうが》するものがある。

ところが、幕府草創以来の由緒ある家柄とはいえ、現藩主の下野守宗勝は漁色に溺《おぼ》れ、藩政は家老たちにまかせっぱなしという始末に悪い暗君であった。

圭之助は二十五石の禄米も藩を捨てることにも、未練は露ほどもなかった。

——半刻（一時間）後。

圭之助は先にたって蛇《へび》や百足《むかで》に嚙まれぬよう気をくばりながら、二人の腰に綱を巻きつけ、険《けわ》しい斜面に足をとられぬようにして水無月渓谷の水辺にたどりついた。

急流は岩を嚙み、渦を巻いて流れ下っている。

圭之助は由乃の腰紐で二人の腰と腰をつなぎあわせ、しっかと由乃の手を握りしめると、岩を伝い、できるだけ浅瀬を選んで渡りながら下流に向かっていった。藩境まではおよそ一里（約四キロメートル）、平地なら半刻とかからないだろうが、途中には腿まで水に浸かる深みを渡る難所もある。

圭之助は由乃の腰を抱き寄せ、渦を巻いて流れる急流に足をとられないよう慎重に渡っていった。

由乃は着物の裾を膝頭《ひざがしら》の上までたくしあげ、草鞋の足で川底を探りつつ、圭之助の手をひしと握りしめ、懸命についてきた。

途中ふいに急流に足をとられ、危うく溺れそうになったが、圭之助の腕に抱きかかえられ、なんとか押し流されずにすんだ。

草鞋の紐が切れたが、足袋跣《はだし》のままで圭之助の腕にしがみつき、いくつもの難所を渡りきった。

七

——一刻（二時間）後。

二人はようやく藩境を越えて隣国に足を踏みいれることができた。

「よう、がんばったの」

川岸に生い茂る雑木をくぐりぬけ、笹をかきわけて川沿いの土手に這い登ると、圭之助はつかみしめていた由乃の手首を手繰《たぐ》り寄せてねぎらった。

「実をもうすとな。ここには何度か来たことがある」

「ま……」

ずぶ濡れになった着物の袖や裾を絞っていた由乃が目を瞠《みは》った。

「なに、隣藩の山同心もここまでは来ぬ。猪もおるし、かつては熊《くま》もいたらしい」

「熊が……」

「なに、熊がいたのは二十年もむかしのことよ。また猪や山犬ぐらいなら、わしが仕留めてくれる。ともあれ、ひとがここまで来ることは滅多にない」

圭之助は目を笑わせると、腰の瓢簞を由乃に差し向けた。

「これは火酒《ひざけ》じゃ。すこし口に含むといい。冷えた躰が温まるぞ」

「火酒ともうしますと……」

「芋焼酎というてな。米から作る上酒よりはずんと安い。おれがような軽輩は米の酒は高直《こうじき》で滅多には口にできぬゆえ、日頃は火酒を温めて飲んでおる。傷を負うたときの毒消しにもなる重宝な酒だぞ」

「でも……強いのでしょう」

「ふふふ、なにも無理に飲めとはいわぬ。ただ、口中に含んでいるだけで唾液に火酒がまじりあい、躰の芯がぬくもってこよう」

「は、はい……」

由乃はおずおずと瓢簞の口に唇をつけると、おそるおそる口中に含んでみた。

「どうじゃ。口のなかに火がついたようになるであろう」

圭之助が掌《てのひら》で由乃の背中を静かにさすってやった途端、火酒が喉にはいったらしく、ふいに由乃が噎《む》せて咳《せ》きこんだ。

「よしよし、それでよい。しばらくすると躰が温まってこようぞ」

圭之助はいたわるように由乃の背中をゆっくりと撫でた。

これまでは上司の娘として、言葉遣いも丁寧になっていた圭之助が、いつの間にか口ぶりが変わってきている。

それに気づいた由乃は、追われる身であることも忘れて、歓びが胸にこみあげてきた。

「この先の山肌に古い獣の塒《ねぐら》がある。入り口は茂みでふさがれているから風塞《かぜふさ》ぎにはもってこいだ。そこですこし眠ることにしよう」

「でも、もし穴を塒にしている熊か猪がもどってきたら……」

「なんの、穴の奥で火を焚きつけておけば獣は近寄らぬ」

「火を……」

「ああ、山の夜は冷え込むゆえ、火を焚きつけねば凍《こご》えてしまう」

圭之助は由乃から瓢箪を取り戻すと、由乃の手をつかみしめて腰をあげた。

生まれてから一度も藩の外に出たことのない由乃にとって、江戸までの道のりがどれほどのものか見当もつかなかった。

ときおり城下にやってくる渡り者の小商人《こあきんど》から、江戸の繁盛というのがどれほど賑《にぎ》やかなものか耳にしたことはある。

諸国の大名がいくつもの藩邸をかまえ、それぞれ何百人もの藩士が住み暮らし、なかには一度も国元に帰ったことがない藩士もいるという。

街には一年中、絶え間もなく人がひしめきあい、毎日が祭りのような賑わいだという。

芝居小屋がいくつもあり、役者の似顔絵が飛ぶように売れているらしい。

世を忍ぶ脱藩の身ながら、十九歳の由乃の娘ごころには、なにやら芝居でいう道行きに出で立つ二人のような気がしていた。

第二章　洞窟《どうくつ》の初夜

一

圭之助がいった獣の巣穴は岩窟《がんくつ》の裂け目の奥にできた横穴のような狭い空間だった。

入り口は半間（約九十センチ）余しかなかったが、穴の奥は存外に広く、すこし背をかがめれば由乃も楽に動けるほどの高さがあり、すこし曲がった突き当たりには畳一枚ぐらいの広さがあった。

岩窟の天井には岩の裂け目があり、そこからポタポタと水滴がしたたり落ちてくる。

圭之助は掌《てのひら》で水滴を受けて口に含んだ。

「これは風穴《ふうけつ》から湧き出した水だ」

風穴というのは岩と岩の裂け目にできるものだという。

穴のなかは乾いていて風もはいらず、さほど寒くはなかった。

二人が途中で拾い集めてきた枯れ枝を束にした圭之助は、火打ち石と艾《もぐさ》を使って火種を作ると艾の火を枯れ枝に移した。

炎が燃えはじめると、枯れ木を乗せて焚《た》き火にした。

焚き火の煙はしばらく天井でたゆたうようにたなびいていたものの、やがて岩の天井にある風穴に吸いこまれてすこしずつ外に出ていった。

焚き火は獣よけにもなるし、虫よけにもなるのだと圭之助はいった。

そして腰の物を焚き火から離れた岩壁に立てかけると、背負ってきた油紙の包みから兎皮《うさぎがわ》を縫い合わせた胴衣を二着とりだして一着を由乃に手渡した。

「山の夜は冷え込む。肌着の上から着込むがよい。野兎の皮をなめしたのを亡き母上が縫い合わせてくだされたものだ」

「母上さまが……」

「うむ。裏には綿を縫い込んで刺し子にしてあるゆえ、寒さしのぎになる」

そういうと圭之助は背を向けて、焚き火に手をかざした。

しばらくして穴の中が焚き火で暖まってきたところで、由乃は濡れた綿服や、手甲脚絆《てっこうきゃはん》を岩肌にひろげて乾かすことにした。

裸のまま圭之助に背を向けてうずくまると、油紙に包んできた二布《ふたの》を腰に巻きつけ、肌着を身につけると皮の胴衣を着込んだ。

胴衣は腰下までしかなく、白い肌着から足が透けて見える。

圭之助の前で肌身をさらす恥ずかしさはあったが、だれ知らぬ山深いの洞窟の中に二人きりだと思うと、なにやら初夜を迎える花嫁になったような気がしてきた。

そのあいだ圭之助は火酒をすこしずつ口にして冷えきった躰を焚き火で温めながら、鶉《うずら》の羽と野兎の皮を剝《は》ぎ、肉を山刀でさばいて青竹で串刺しにして炎で炙《あぶ》った。

肉の焼ける香ばしい匂いが洞窟にただよいはじめた。

着替えおわった由乃は、焚き火に手をかざしている圭之助の背中にそっと身を預けた。

圭之助は無言で串焼きにした鶉と野兎の肉を由乃に手渡した。

二人はしばらくのあいだ、黙々と串焼きの肉をむさぼりつづけた。

「どうかの。鶉の肉はうまいか……」

圭之助は無心に鶉の肉を口に運んでいる由乃に問いかけた。

「はい……」

黙々と肉を噛みしめていた由乃は、羞じらいながらほほえんだ。

「ちいさいころ、圭之助さまにいただいた川魚や蛙《かえる》よりずっとおいしゅうございます」

「ふふ、そうか、そういえばそんなことがあったな……」

まだ由乃が五つか六つのころ、ツクシ摘《つ》みに連れ出した圭之助が川で捕まえたウグイや蛙を焚き火で焼いて食わせたことがある。

ウグイはともかく、蛙の串焼きを食えと圭之助にいわれ、由乃はべそをかきながらも命じられるままに口にしたものだ。

そのころの由乃はなんにつけても圭之助のいうがままだった。

「蛙を食わせるとは、おれも意地の悪いことをしたものよ」

圭之助はゆっくりと身をよじって向き直ると、無造作に由乃の躰をすくいあげ、あぐらのなかにすっぽりと抱え込んだ。

「あ……」

思わず由乃は身をすくめた。

圭之助は濡れた手甲脚絆や裁着袴《たつけばかま》を脱いで岩肌に貼り付け、褌《ふんどし》ひとつで皮の胴衣を羽織っただけの半裸だった。

あぐらをかいた圭之助のむきだしの毛脛《けずね》と逞《たくま》しい太腿に抱え込まれた由乃は、一瞬、心ノ臓がとまりそうになった。

二

由乃は肌着の襟前《えりまえ》を手でかき合わせたものの、火影《ほかげ》に照らされた乳房の谷間が青白い陰影を見せている。

裾《すそ》からむきだしになった脹《ふく》ら脛《はぎ》が圭之助の目を射るようにまぶしくちらついた。

あぐらのなかに抱え込んだ臀《しり》が、由乃が身じろぎするたびに手鞠《てまり》のように弾む。

由乃の肌身が醸《かも》し出す、なんともいえぬ甘い体臭が鼻腔《びこう》を鋭く刺激し、圭之助の血潮《ちしお》が音たてて沸き立ってきた。

これまで女体というものを知らずに過ごしてきた圭之助は、この蠱惑《こわく》にみちみちた生き物をどうあつかってよいものか、しばらくのあいだ困惑していた。

ひしと縋《すが》りついている女体の温もりが肌身に伝わってくるにつれ、圭之助の体内に鬱勃《うつぼつ》たる雄《おす》の本能が目覚めてきた。

抗《あらが》いがたい本能がもとめるままに、圭之助は由乃を静かに仰臥《ぎようが》させた。

由乃はひたと圭之助を見あげていたが、かすかに睫毛《まつげ》を震わせながら双眸《そうぼう》を閉じた。

肌着の下にこんもりと盛り上がっているふたつの乳房がせわしなく息づいている。

圭之助は左手で由乃の腰をひきつけると、右手で由乃の白い肌着の襟をはだけて乳房をまさぐった。掌につかみしめた乳房は白桃のようにまろやかで、臀のふくらみは心地よい弾力にみちみちていた。

その突端にある茱萸《ぐみ》の実のような乳首に圭之助の手指がふれた瞬間、由乃はびくんと身を震わせたが、やがて全身のちからを抜いて圭之助に身をゆだねた。

かすかに喘《あえ》いでいる由乃の唇を吸いつけた圭之助は双の乳房を愛撫しつつ、腕をのばして掌で臀のまろみをつかみしめた。

由乃の肌身は溶けるように柔らかく、滑絹《ぬめぎぬ》のようになめらかだった。

由乃はきれぎれにせわしない呼吸を繰り返しつつ、懸命に圭之助の背中にしがみついている。

三

圭之助はゆっくりと由乃の腰をなぞりながら、内腿の奥に手をすすめた。

一瞬、由乃は息をつめたようだったが、圭之助の侵入を拒《こば》もうとはしなかった。

圭之助は身をかがめると乳房の谷間に顔を埋めこんだ。

ほのかに甘い乳の匂いがした。

それは遠いむかしの母の匂いにどこか似ているようだったが、まるでちがう異質のものでもあった。

圭之助は、ちいさいころの由乃を背中におぶったこともあれば、由乃が川のなかで溺《おぼ》れかけたときは抱きすくめもした。

手拭《てぬぐ》いで裸の由乃の躰を隈《くま》なく拭いてやったこともある。

そのころの由乃は可愛い小動物のようだったが、いつのころからか間近でふれあうようなことはなくなった。

それがいまは、この人里離れた窟《いわや》のなかで圭之助の汗ばんだ胸にひたと頬をおしつけ、両腕で抱きすくめられている。

由乃の胸の鼓動《こどう》が、圭之助の肌身に間断なく伝わってくる。

なにやら罪深いことをしようとしているようなためらいが、圭之助の脳裏をよぎった。

しかし鬱勃たる獣の雄の本能は、そんなためらいを容赦なく打ち砕いた。

圭之助はしなやかな由乃の腰を抱き寄せると、掌をなめらかな腹につづく狭間《はざま》にゆっくりとのばしていった。

たとえようもなくなめらかな皮膚にふれたとき、圭之助は越えてはならない領域に踏み込んだ気がした。

由乃の秘毛は絹糸より細く、きわめて柔らかだった。

その柔らかな秘毛の茂みをかきわけた圭之助の指先は、ためらうことなく熱く湿った内股に侵入した。

一旦、怯《ひる》みかけたが、全身に滾《たぎ》りたつ荒ぶる血の猛《たけ》りはとめようもなかった。

肌着の裾を割って侵入した掌が由乃のなめらかな腹をたどり、かすかな湿り気を帯びた股間の和毛《にこげ》にふれた瞬間、圭之助は抗いがたい衝動に突き動かされ、由乃の股間に深ぶかと身を沈めていった。

四

由乃は身がすくむような羞じらいとは裏腹に、圭之助と肌身をあわせているという歓びがこみあげてきた。

すでに由乃は十九歳、男と女の営みがどんなことかもわかっているし、圭之助がこれからなにをもとめようとするのかもおぼろげながらわかっていた。

そのことへの羞じらいはあるものの、不安は微塵《みじん》もなかった。

いざとなると、女はおどろくほど大胆になれるものである。

圭之助の胸に頬をおしあてると、心ノ臓の鼓動がはっきりと伝わってくる。

筋骨逞しい圭之助の腕に抱きすくめられた途端、由乃は頭に霞《かすみ》がかかり、全身のちからが抜け落ちていった。

由乃はおののきながら目を閉じて、圭之助のうなじに腕をまわした。

由乃は息がつまりそうな恥ずかしさに惑乱したが、同時にたとえようもなく鋭い愉悦の感覚が全身を貫いた。

由乃はわななきながらも官能の疼《うず》きに身を震わせて腰をすりよせた。

頭の隅のどこかではしたないと思いつつも、由乃はぎゅっと閉じていた腿をすこしずつひらいて圭之助の侵入を許した。

——そなたは、わしの妻……。

そういいはなった圭之助の言葉が、由乃の胸のなかで天の啓示のようによみがえった。

——これで、わたしはほんとうに圭之助さまの妻になれる……。

十九の年まで慕いつづけてきた思いがようやく叶《かな》った歓びが由乃の全身を浸した。

やがて圭之助は由乃の腰をしかと抱きかかえながら、全身のちからを抜いて仰臥している由乃の胸に顔をおしつけてきた。

由乃はかすかに身震いしつつも、双の腕を圭之助のうなじに巻きしめ、無我夢中で縋りついていった。

パチパチとなにかが弾ける音で由乃は深い眠りから目覚めた。

岩穴の壁にほのかな灯りがゆらめいているのがぼんやりと見えた。

由乃の目の前に、圭之助の幅のある裸の背中が黒々と頼もしくひろがっている。

――わたしは、いつの間に眠ってしまったのだろう……。

そう気がついた途端、由乃はあわてて起きあがり、身繕《みづくろ》いをした。

見ると圭之助は下帯《したおび》ひとつの裸だった。

由乃は肌身に二布もつけず、皮の胴衣を敷物にして寝かされ、うえから躰を包みこむように乾いた着物をかけられていた。

圭之助に抱きしめられたあとのことは何ひとつ覚えていない。

嵐の海に翻弄《ほんろう》される笹《ささ》小舟《こぶね》のように懸命に圭之助にしがみついていただけだったが、躰の芯が燃えるように火照《ほて》り、いまだに鋭く甘く疼いている。

由乃は、一夜にして自分が娘から女に変貌したことを確信した。

抱かれたとき、由乃の着衣は圭之助の手ですべて剝ぎ取られてしまった。

しかも、そのあと無我夢中のうちに双の腿を思うさまひらいて圭之助を迎えいれたことだけはありありと覚えている。

――わたしはもしかして、あのとき、はしたない声をあげたりはしなかっただろうか……。

思い出しながらも、由乃は恥ずかしさと歓びで胸がつまった。

五

「圭之助さま……」

つぶやいて由乃は男の幅ひろい背中にそっと羞じらうように頰をおしつけた。

「うむ……」

圭之助はゆっくりとふりむいて笑いかけてきた。

「よう、眠られていたようだの」

圭之助はくるっと躰をまわして両腕をのばすと、赤子を抱きとるように由乃を軽がると引き寄せた。

「寒うはなかったか」

「いいえ、すこしも……」

かぶりをふり、由乃はひしと圭之助にしがみついてささやいた。

「わたし……恥ずかしい」

「なんの恥ずかしいことなどありはせぬ」

圭之助はほほえみながら、いたわるように由乃を見つめた。

「おれにとって、そなたはもったいないほどの嫁女《よめじょ》よ」

圭之助はまぶしげに由乃を見やり、しみじみとつぶやいた。

「まだ、おれが小童《こわっぱ》のころ、ともに裸で川遊びをしていたのが嘘のように美しいおなごになられたものじゃ」

「まことでございますか」

「おお、おれは口下手《くちべた》だが、こころにないことはいわぬ」

圭之助は由乃を抱き寄せてささやいた。

「生涯、大事にせねばの……」

深ぶかとうなずいた圭之助の目が、ふいに一転した。

「よいか、由乃。これから江戸に向かうが、追っ手を避けての道中だ」

圭之助は初めて由乃を呼び捨てにした。

「できるだけ表街道を避けて田舎の畦道《あぜみち》や山越えをせねばならぬ」

圭之助の目が厳しく由乃を見据えた。

「いうなれば御法の外に生きる博徒《ばくと》とおなじように裏街道を選び、時には小役人に賄賂《わいろ》をつかませたりしての忍び旅になろう」

圭之助は、いたわるようなまなざしで由乃を見つめた。

「おなごのそなたには辛《つら》い旅になると思うが、おれが命にかえてもそなたを守ってみせる」

「はい……」

由乃は迷うことなくうなずいた。

「圭之助さまとごいっしょなら、辛いことなど何ひとつございませぬ」

——ついさっき、圭之助さまはわたしを由乃と呼び捨てにしてくださった……。

これまで、圭之助は何かにつけて由乃を上司の娘として敬しつつ接していたが、いま、ようやく妻として名前を呼び捨てにしてくれたのである。

その歓びが由乃の胸にひしひしと伝わってきた。

——圭之助さまといっしょなら、どんな辛いことでも堪えられる。ともに死んでくれといわれても喜んで死ねるだろう……。

由乃は全身を預けるように圭之助の胸に縋りついていった。

「由乃。おれがことをいつまでも圭之助さまでは人が怪しもうぞ……」

圭之助がやんわりと、揶揄《やゆ》するように目を笑わせた。

「え……でも、なんと、お呼びすれば」

「そうさ、な……」

圭之助は照れくさそうに遠くに目を泳がせた。

「町家では旦那《だんな》さまだろうが、すかんぴんの浪人が旦那では具合悪かろう。おれの母は亡くなった父のことをおまえさまと呼んでいたようだが……」

「おまえさま……」

つぶやいてみて、由乃は耳朶《みみたぶ》まで真っ赤に血のぼせた。

「ふふふ、ま、すぐにというわけにはいくまい。江戸につくまでおいおいに言い馴《な》れればよかろうよ」

「え、ええ……」

由乃は口のなかでそっとつぶやいてみた。

——おまえさま……。

なんという響きのよい呼び方だろう。

そう呼べる日を由乃は十八年ものあいだ待ちつづけていたような気がする。

その思いが叶った歓びで、由乃は明日をも知れぬ身にもかかわらず、なんともいえぬ幸せが、ひたひたと全身にこみあげてくるのを感じていた。

六

黄昏《たそがれ》近い川向こうの街道を、道化役者が声も調子よく披露目《ひろめ》の口上を告げながら練り歩いている。

そのうしろから、笛や太鼓《たいこ》の音も賑《にぎ》やかに囃子《はやし》方《かた》が足取りもかろやかにつづいていた。

ひときわ派手な衣裳を身につけた白塗りの女役者が横座りになって馬の背にゆられながら、こぼれるような笑みをふりまいている。

どうやら旅回りの役者の一座らしく、衣裳箱を山積みにした荷車を囲んで、幟《のぼり》旗《ばた》を何本もかざした一団が、左右の田畑で野良仕事をしている百姓たちにまんべんなく声をかけ、手をふっていた。

幟旗には［若尾大夫《わかおだゆう》一座］と芝居文字でおおきく染め抜いてあった。

どうやら、馬に乗っている女が一座の花形役者らしい。

成宮圭之助は芦《あし》が生い茂る川岸の浅瀬に膝まで水に浸かりつつ、川向こうの土手の上の街道を行く一座を身じろぎもせずに見つめていた。

圭之助のうしろで岸辺にしゃがみこみ、水に浸した手拭いでうなじから脇の下を入念に拭っていた由乃が声をかけた。

「なにを見ておられますの」

「うむ。あの旅役者の一座は水無月にも来たことがある」

「そういえば、あの幟旗を見たような覚えがございますわ……」

裾をたぐって足の汚れを洗いかけていた由乃が川向こうに目をやった。

「たしか去年の夏ごろでしたわね」

「うむ。領内のあちこちをまわって百姓たちに芝居を見せてまわっていたが、一度、土地の顔役と悶着《もんちゃく》を起こして、おれがなかにはいって仲裁してやったことがあった」

「ま……」

「そのとき座頭《ざがしら》の大夫が礼金をよこそうとしたが、そんなものは受け取れぬと断った覚えがある。たしか十両だったと思うが、そのころ、おれは母上の医者代の借金がなかなか返せず苦労しておったから、喉から手が出るような金だったがな」

圭之助はホロ苦い目になった。

「まだ三十路《みそじ》そこそこのおなごの大夫だったが、さすがは一座を束ねるだけの貫禄があると感心したことを覚えている。ほんとうはなんとしても欲しかったが、礼金とはいえ賄賂にはちがいないからの。後ろめたい真似はできぬ」

「圭之助さまらしいこと……」

由乃がそっと背中に顔をおしあててきた。

「おい……いい手があるぞ」

ふいに圭之助がふりかえり、由乃の肩に手をかけた。

「え……」

「もしかしたら、あの一座にあのときの貸しを返してもらえるかも知れん」

「どういうことですの」

「いいから、早く身支度をしろ」

「は、はい……」

この数日、二人は街道を避けて人のいない樵小屋《きこりごや》や荒れ寺の本堂、橋の下などに肩寄せ合って眠ったりの物乞いのような旅をつづけてきた。

人目につかないようにするため、路銀を使うこともままならなかった。

着衣は生地があちこち裂けたり、汗と垢《あか》で異臭を放つようになったため一度は捨ててしまって、もう着替えはない。

干し飯や干し肉、無断で畑の芋や大根を引き抜いて齧《かじ》っては飢えをしのいできた。

圭之助はともかく、屋敷育ちの由乃がよくついてこられたものだと思う。

時には暗くなってから川の水で躰の汚れを洗い落としたが、それでも肌は異臭を放つようになってきた。

途中の関所はなんとか避けて通ることができたが、江戸に入る関所はそうたやすく通り抜けられそうもなかった。

平岡源右衛門から道中手形はもらってきたものの、脱藩したとなると回状がまわっていると考えたほうがいい。

また、藩の討っ手が先回りして関所前の宿場で待ち構えていることもありうる。

若尾大夫一座を見かけたとき圭之助の頭に閃《ひらめ》いたのは、なんとかして一座にもぐりこむことができないかということであった。

——貸しを返してもらいたい。

というのは、そのことであった。

七

その夜、圭之助は街道筋の安宿に泊まっている一座の者が飲みに出かけたところをつかまえて、若尾大夫に会うことができた。

さいわい大夫は郷方役人をしていた圭之助のことを覚えていてくれた。

「あのおりは、たいそうお骨折りをいただきました」

丁寧に礼を述べたあと、当然のことながら圭之助のみすぼらしい風体に眉を曇らせたようだった。

圭之助は巾着《きんちゃく》のなかに小分けしておいた小判を十枚差し出し、ありのままのいきさつを飾ることなく打ち明けた。

「ま、平岡さまのお嬢さまと駆け落ちまでなすったのですか……」

若尾大夫は郡奉行の平岡源右衛門とは面識はなかったが、その評判は庄屋や百姓から聞いていたらしい。

しかも、藩主の芳《かんば》しからざる行跡も耳にしていたようだった。

婚することがきまっている由乃を側女《そばめ》に献じよという上意に逆らい、家名断絶も辞せず二人に駆け落ちせよと命じた源右衛門の硬骨《こうこつ》に感じいった大夫は、駆け落ちまでして添い遂げようという若い男女の心底に女の身として感嘆したようだった。

そして、二人の江戸市中潜入の手助けを快く引き受けてくれたのである。

それればかりか、差し出した十両の礼金を押しもどした。

「せっかくですが、これは天下の御法に背くこと。金ずくでお引き受けするわけにはまいりません。口はばったいようですが、一座の座頭としてではなく、おふたりの心意気に感じいっての、わたくしの心中だてとお思いくださいまし……」

ただし、一座の芸人にまじっての道中になるから、役者らしく鬘《かつら》をかぶり、顔にも隈《くま》を塗ってもらうことになると告げた。

むろん、圭之助に否《いな》やはなかった。

若尾大夫はすぐさま一座の差配を呼んで圭之助に同行させ、宿場はずれの橋の下で待ちわびている由乃を迎えに行くよう手配してくれた。

その夜、二人は水無月領内を出て初めて、畳に敷かれた床に枕を並べて安眠することができたのである。

八

翌日から圭之助と由乃は、大夫のいうがままに一座の仲間とおなじような風体をして、興業を打っているあいだは裏方の仕事をし、移動のときは大八車を引いたり幟旗をかついで街道を進んだ。

むろん、圭之助の腰の物は芝居道具の行李《こうり》のなかに小道具として運んでもらった。

圭之助は侍髷《さむらいまげ》を崩し、かわりに山賊風の鬘をかぶり、裾からげにして荷車を引いた。

由乃は百姓女のような野良着を着て、手拭いで頬かぶりし、手甲脚絆に藁草履《わらぞうり》を履《は》いて一座の女といっしょに荷車の後押しをした。

けっして楽な旅ではなかったが、役人に咎《とが》められることは一度もなかった。

ただ大夫の心遣《こころづか》いで、夜だけは芝居道具の谷間で圭之助とひとつ布団にくるまって眠ることができた。

七日あまりの興業旅のあと一座は江戸にはいり、回向院《えこういん》前の広場の小屋で芝居を打つことになった。

　その初日の夕刻、二人は大夫に呼ばれ、夜になったら一座を抜け出すようにいわれ、両国橋《りょうごくばし》を渡って浅草の下谷山伏町《したややまぶしちょう》にある禅念寺への道筋を教えてもらった。もし万が一、なにかあったときは、迷わずこの小屋に戻って来るのですよと念をおしてくれた。

　なにからなにまで行き届いた配慮に感謝して、圭之助は食費の足しにしてもらいたいと五両差し出したが、大夫は笑って一蹴《いっしゅう》した。

「わちきはしがない芝居者でありんすが、お二人の国を捨てても添い遂げたいという心意気にすこしばかりのお力添えをしたかったまでのこと、さらりと気持よく受け取ってくんなまし……」

　両国橋まで送ってくれた源太《げんた》という小者《こもの》によると、若尾大夫は軽業芸人の娘だったが十五のときに吉原《よしわら》に売られ、遊郭で子供のころに仕込まれた軽業の芸を客の座興に披露していたという。

　その身軽さと度胸に惚《ほ》れ込んだ木場《きば》の富商が身請けしてくれたが、五年前、その富商が死病にかかり、五百両の手切れ金とともに自由の身にしてくれたという。

　芝居好きだった大夫は五百両を元手に一座を立ち上げたらしい。

大夫の生まれも本名も、源太もいまだに知らないらしい。
圭之助は若尾大夫に当節の武士など足元にもおよばない気骨を見たと思った。

第三章　根無し草

一

朝っぱらから軒端《のきば》で雀《すずめ》がせわしなく囀《さえず》っている。

神谷平蔵《かみやへいぞう》は寝間にしている八畳間に吊るした蚊帳《かや》のなかの布団に腹ばいになっていた。

蚊帳の向こうの十畳間で、妻の篠《しの》が背中を向けて箪笥《たんす》から出した夏の単衣物《ひとえもの》に火熨斗《ひのし》をかけているのが見える。

篠は妻に娶《めと》ったころはもっとほっそりしていたような気がするが、婚してからは腰や臀《しり》にもずいぶん脂《あぶら》がのってきたようだ。

十二のときに母を亡くしたため弟妹の面倒をみているうち婚期が遅れ、二十歳《はたち》過ぎてようやく婚したものの、その夫とは二年とたたぬうちに死別したと聞いている。

父の吉村嘉平治《よしむらかへいじ》は御小人目付《おこびとめつけ》をしているが、扶持米《ふちまい》とりの貧しい御家人で、下女を雇うゆとりはなかったようだ。

そのため、長女の篠が家事一切をこなすかたわら仕立物の内職をして家計を助けていたという。

――あれは、これまでおなごの幸せというものをほとんど知りませぬ。どうか、そのあたりをお汲《く》みとりいただき、末長く慈《いつく》しんでやってくだされ。

平蔵と婚することになったとき、嘉平治がそういって両手をつき、深ぶかと頭をさげた姿を平蔵は今でもありありと覚えている。

平蔵は譜代《ふだい》の大身《たいしん》旗本の次男に生まれたが、母は幼いころに病没したから顔も覚えてはいない。

なにせ手のつけられない腕白坊主で喧嘩《けんか》はめっぽう強く、屋敷のある駿河台《するがだい》近辺の子供たちは平蔵の顔を見ると逃げまわっていたものだ。

そのころの相棒だった矢部伝八郎《やべでんぱちろう》とは、いまだに無二の親友としてつきあっている。

平蔵は色気づくのも人一倍早く、屋敷の女中をつかまえては乳房をつかんだり、裾《すそ》をまくったりして悲鳴をあげさせていた。

十五のときには矢部伝八郎を誘って花街に足を運んでは、さまざまな女体を知った。夜遊びの度が過ぎて、父親がわりの兄忠利《ただとし》から仕置きのために何度となく土蔵に監禁されたものだ。

平蔵が初めて娼婦でない女を知ったのは十六のときだった。いつものように閉じこめられていた土蔵の戸棚から枕絵の草紙を見つけだし、色鮮やかな男女交合の秘戯画に目を奪われた。

差し入れの握り飯を運んできたお久《ひさ》という三十路《みそじ》過ぎの寡婦《かふ》の女中に挑んだところ、お久はさして抗《あらが》いもせず、巧みに平蔵をみちびいてくれた。

以来、お久とは屋敷内の人目のつかぬところで何度か睦《むつ》みあった。

間もなくお久は縁あって再婚したが、一年ほどして屋敷に挨拶《あいさつ》にきたときに会った。

歯を黒く染め、丸髷《まるまげ》に結って、なにくわぬ涼しい顔でほほえんでみせたお久を見て、平蔵は——おなごにはいくつもの顔がある——と啞然《あぜん》としたものだ。

そのころ平蔵は伝八郎とともに鐘捲流《かねまきりゅう》の達人、佐治《さじ》一竿斎《いっかんさい》の剣道場に通っていたが、嫂《あによめ》の幾乃《いくの》から小遣《こづか》いをせびっては二人で花街にせっせと足を運びつづけた。

奇体《きたい》なもので、女体を知ってからは剣技も長足にのびて免許皆伝を許され、伝八郎とともに道場の竜虎と呼ばれるようになった。

しかし、武家の次男以下は他家に婿入《むこい》りしないかぎりは厄介叔父《やっかいおじ》といわれ、一生生家の飼い殺しになる非情な定めである。

とはいえ平蔵は跡取り娘の婿養子になり、日々裃《かみしも》をつけて、おとなしく奉公するには向かない気性だった。

たとえ婿入りしても、向こうの両親や同僚と諍《いさか》いを起こし、下手《へた》をすれば家をつぶしかねないと危ぶんだ亡父は、実弟で医師をしている夕斎《せきさい》の養子に出したのである。

——おやじの目はさすがだった。

と、今になって平蔵は感心している。

天下泰平の世では剣で身をたてるのは至難のことだが、医者は商売とはいえ商人のように客にへつらう必要もないから平蔵の気性にはあっていた。

ただし患者が来ないからといって、どこぞに病人、怪我人はいないかと探すわけにもいかない。

無病息災は結構だが、それでは飯の食い上げになってしまう難しい稼業でもある。

今日までなんとか生計をたてられているのは、皮肉なことに医業で稼いだわけではなく、磐根藩《いわねはん》や吉宗公《よしむねこう》の危機を救った謝礼金があったからである。いうなれば本業の医師としてではなく、天性授かった剣才をふるって稼いだものだ。

その点、医師としては内心はなはだ忸怩《じくじ》たるものがある。

妻の篠の手前、なんとか医業で生計をたてられるようにしたいというのが目下のところ平蔵の偽らざる心境だった。

二

昨年の冬、平蔵は火事で千駄木《せんだぎ》の家を焼け出されてしまい、妻の篠とともに駿河台の生家の屋敷に仮住まいしながら借家探しに奔走《ほんそう》した。

どこか開業するにふさわしい借家はないものかと探しまわったものの、江戸名物の火事があいついで焼け出された者が多く、いい物件がなかなか見つからなかった。

そんなとき平蔵の窮状を知った剣友の笹倉新八《ささくらしんぱち》の口利きで、篠山検校《しのやまけんぎょう》の持ち家のひとつを使わせてもらうことになった。

篠山検校はすかんぴんの按摩《あんま》から身を起こし、いわゆる座頭金《ざとうがね》と呼ばれる金貸しで稼いだ金を朝廷に献じて検校の座にのぼりつめた人物である。

検校は盲人の最高位で、町奉行も手出しはできない権威がある。

いまでも金繰りにつまった大名屋敷や大商人相手に大金を融通し金利を稼いでいるが、そのかたわら亭主に捨てられ夜鷹《よたか》をしながら子を育てている女や、身寄りのない年寄りなどを屋敷の長屋に引き取って面倒をみるという善根を施《ほどこ》したりもしている。

笹倉新八は越後村上藩《えちごむらかみはん》の浪人だが念流《ねんりゅう》の遣い手という腕と裏表のない人柄を見込まれて篠山検校の用心棒になり、いまでは用人として柳島村《やなぎしまむら》の検校屋敷に住み込んでいる。

検校はほかにも江戸市中にいくつもの家作をもっているが、この東本願寺《ひがしほんがんじ》の裏にある一軒家は、かつて千石取りの旗本が妾《めかけ》のために建てた家だけに敷地は四十坪と、ほどのよい広さだった。

間取りも刀架けを置く床の間つきの十畳間と八畳の寝間があって、台所に面して囲炉裏《いろり》を切った板敷きの間と玄関脇には六畳の女中部屋がついている。

しかも、縁側の突き当たりに内厠《うちかわや》があり、台所脇には内風呂までついていて、焚《た》き口は台所の横にあるから雨の日でも濡れずに薪《まき》をくべられるようになっていた。

半年前、検校から金を借りていた旗本が病死したため、抵当にいれてあった妾宅《しょうたく》を検校が入手したものだということだった。

ともあれ、夫婦二人の住まいとしては贅沢《ぜいたく》すぎる造りだった。

厠に面した五坪あまりの裏庭には掘り抜きの井戸もあって、まわりは寺町のせいか日中は人通りもすくなく、夜ともなれば梟《ふくろう》の啼《な》き声がするような閑静な住まいだった。

平蔵が焼け出される羽目になった火事は篠山検校の金蔵を狙った盗賊の付け火が原因だったが、平蔵が剣友たちと駆けつけ、盗賊を一網打尽《いちもうだじん》に斬《き》り捨てた。

篠山検校はその尽力に報いるため、平蔵に家作のひとつを無償で提供してくれたのである。

ありがたく借りることにしたものの、住まいというのは人が住まなくなると荒れるものである。

篠が焼失したいろいろな所帯道具の購入に出かけているあいだ、平蔵は掃除と庭の雑草とりに追われていたが、それもどうやらあらかた片づいてひと息ついたところだった。

なにせ一からの出直しで、門柱に［医師］の看板を掲げてみたものの、当初は閑古鳥《かんこどり》が啼くほど暇だったが、このところすこしは知名度があがったらしく患者がぼちぼち来るようになった。

三

――その日。

口あけの患者は通りをへだてた蛇骨《じゃこつ》長屋の住人で、浅草広小路《ひろこうじ》の鰻飯屋《うなぎめしや》に通い勤めをしている左平《さへい》という鰻割《さ》き職人の女房のお常《つね》だった。

昨日から胃がしくしく痛み、胸やけがしていたが、今朝から二度も下痢《げり》をしたのでたまりかねてやってきたのだという。

ともあれ診療室にしている玄関脇の六畳間にあがらせ、お常を仰臥《ぎょうが》させると着物の襟前《えりまえ》をひらいて肌着のうえから触診してみた。

お常は二十一で、まだ子はいないだけに乳房はさほどおおきくはないが、内職で米屋の杵搗きをしているだけに、女とは思えないほど腕や足腰にも筋肉がついている。

腰巻のうえから腹に掌《てのひら》をあててみると、かすかにゴロゴロという腹中雷鳴がする。

お椀を伏せたような乳房の下にある胃楽《いらく》と食倉《しょくそう》というツボをゆっくりと指圧した。

胃楽は文字通り胃の働きを整える肝要のツボである。

つぎに臍《へそ》の上下左右にある臍中四辺《さいちゅうしへん》のツボのあたりを親指で静かにおしてやった。

平蔵は若いころ、上方《かみがた》でも名医と評判の高い大坂の渕上丹庵《ふちがみたんあん》宅に逗留《とうりゅう》していたことがあった。

渕上丹庵は鍼灸《しんきゅう》と指圧にも長《た》けていて、平蔵は針灸を会得するまでにはいたらなかったが、指圧だけは熱心に学んだ。

指圧は症状によっては投薬より効き目がある医療のひとつで、臍中四辺は弱った胃腸の調子を整える大事なツボである。

この指圧がツボにしっかり届いたらしい。

「あ、ああ、効く効く……せんせい、効きますよう」

お常は陶然《とうぜん》として心地よさそうに声をあげた。

篠に湯をいれた小盥《こだらい》を運ばせ、手拭《てぬぐ》いを浸し、腹にあてがい温湿布《おんしっぷ》をして、しばらく寝かせておいた。

臍中四辺を温めると胸やけや下痢に効能がある。

胃腸が弱かった篠も、平蔵の指圧で見違えるように丈夫になって、今では滅多に風邪もひかなくなった。

お常の臍中四辺のツボを改めてゆっくりと指圧してやると、しばらくして胸やけが嘘のようにおさまって楽になったとお常は喜んだ。

すこし胃が荒れているようなので半夏《はんげ》瀉心湯《しゃしんとう》とゲンノショウコと黄柏《おうばく》を処方し、しばらく服用するようにいって帰した。

お常は金払いの吝《しわ》い者が多い蛇骨長屋の住人にはめずらしく、診察と治療代、薬代をあわせて一分二朱の代金をきれいに支払い、いそいそと帰っていった。

そのあと五人も来患がつづいて、おちおち朝飯を食う暇もなかった。

季節の変わり目だけに食あたりや腹くだしの患者ばかりだったが、新規開業して間もない医者にとっては先行きの見通しがなんとなく見えてきたような気がした。

ようやくひと息ついて、朝昼兼用の飯をかきこんでいると篠が笑みかけてきた。

「おまえさま。いつも、こう忙しいとよろしゅうございますね」

「そうは問屋がおろさんだろう。ここ二日は閑古鳥が啼くほど暇だったからな」

「でも、商いは辛抱ともうしますから……」

「おい、医者も商人《あきんど》のうちか」

「そうですよ。医は仁術などと綺麗事をいっていては開店休業になってしまいますもの……」

「ううむ……」

平蔵、そうはなかなか割り切れない。

「しかし、金払いが悪いからといって患者を診《み》ないわけにはいかんぞ」

「でも、なかには飲み代は残しておいて薬代はツケにしておこうというおひとも結構おりますのよ」

篠はなかなか手厳しいことをいう。

「蛇骨長屋の権太《ごんた》さんや長助《ちょうすけ》さんなどは、治療費や薬代をツケにしておいて毎晩飲んだくれているそうですよ」

「ほんとうか」

「ええ、さっき、お常さんから聞いたばかりですけれど……」

「よし、今度、顔を見かけたら脅しつけてやろう」

「そうですよ。診察代はともかくお薬は問屋から買い求めますもの。そう甘い顔をしていては暮らしが立ちゆきませんわ」

篠は家計を預かっているだけに近頃は容赦のないことをいう。

権太は左官で二十日ほど前、腹病みがひどくて泣きついてきた男、長助は版木彫りの職人で、ひと月前に喧嘩で大怪我をして治療してやった男である。

権太は一分二朱、長助は治療費と薬代で二分と三百文のツケがあるが、いまだに道で顔をあわせても知らぬ顔の半兵衛をきめこんでいる。

「しかし、いちいち患者の巾着《きんちゃく》の中身を確かめてから診察するというわけにもいかんからな」

「それはそうですけれど……」

篠は肩をすくめて忍び笑いした。

「このあいだなど、板倉《いたくら》さまの下屋敷の御用人からの往診を治療中だからとにべもなくお断りになったではありませんか」

「あのときは患者が二人も待っておったし、たかが鼻風邪ぐらいで往診するほどのこともあるまいと思ったからよ」

「よいではありませんか。板倉さまといえば御老中《ごろうじゅう》まで務められた名門の御家、鼻風邪がきっかけで、この先もご贔屓《ひいき》にしていただけるかも知れないではありませんか……」

「ちっ、おれに幇間《ほうかん》まがいの医者になれとでもいうのか」

「そうはもうしておりませぬ。でも、笙船《しょうせん》先生は御大身の旗本や裕福な商家の往診を断ったりはなさいませんわ。鼻風邪だろうと虫歯だろうと頼まれれば往診して稼いでいらっしゃいますもの」

「う、うむ……」

四

笙船先生というのは伝通院《でんずういん》の門前町で医師をしている小川《おがわ》笙船のことである。

数年前、薬草摘《つ》みをしていたとき顔見知りになって以来、平蔵が師事している名医だった。

貧しい患者からは一切治療費も薬代もとらないが、富者からは容赦なくふんだくる。

それでも往診を頼みにくる商人や旗本は絶えないという、平蔵にしてみれば羨《うらや》ましい存在である。

以前から幕府に無料の施療院《せりょういん》を創設して欲しいと願い出ているが、現将軍吉宗も歴代の累積赤字を解消するため大奥の女中をバッサリと生家にもどしたり、みずから質素倹約を実行して財政の立て直しに苦慮している。

そのためもあって、いまのところ公儀の施療院までは手がまわらないらしい。

平蔵も武士の商法で、篠にそういわれると耳が痛いところだ。

「往診は医者にとっては稼ぎどころでございますよ。このまわりは寺や旗本屋敷も多いところですもの、そのうちお寺さまや旗本から往診を頼んでまいりましょう。そのときは稼ぎどきだと思ってくださいね」

「わかった、わかった」

「それに……」

いいさして篠は口ごもった。

「なんだ。何かいいたいことがあるんならいってみろ。だんまりはすっきりせん」

「このあいだ、問屋の番頭さんにお薬を患者さんに安く出しすぎるといわれましたわ。ほかのお医者さんとの釣り合いもあるからと……」

「ふうむ。釣り合いか……」

「ふつうは問屋の卸値《おろしね》の五倍から六倍が薬代の相場だそうですよ」

「ほう、それじゃ高利貸し並みのぶったくりじゃないか」

「でも、治療代と薬代が医者の命綱だと番頭さんにいわれましたわよ」

「とはもうせ、いきなり薬代をこれまでの倍にするわけにもいくまいが」

「では、六日分のところを三日分出すようにすればよろしいのではありませんか。それで薬代をおなじにすれば……」

「ふふふ、まるで薬屋の回し者みたいなことをいうな」

「そうはもうされても医者は豆腐《とうふ》や納豆《なっとう》のように毎日売り歩くわけにもいかず、ただ来患を待っているだけの商売ですもの。すこしは考えていただきませぬと……」

「ううむ……」

篠に痛いところをつかれて、平蔵、絶句するしかない。

「よし、わかった。薬代はともかくとして、これからはせいぜい往診には精出すようにしよう」

「さぁ、どうですかしら……ね」

篠はくすっと忍び笑いすると、いうだけのことはいって気がすんだと見え、勢いよく臀を左右にふりたてて台所に向かった。

——あやつめ、近頃は臀でものをいうようになりおったな……。

平蔵、思わず苦笑した。

たしかに平蔵には、武士の商法のようなおおざっぱなところがある。

——ちと、考えなおさねばならんな……。

五

皮肉なもので、前日は夕方まで絶え間なく来患があったのとうってかわって、その翌日はとんと患者の足も途絶え、むろんのこと往診の依頼などもなかった。

ところが昼前になって下谷山伏町近くにある禅念寺の宗源禅師《ぜんじ》から、寺の納所《なっしょ》に仮住まいしている浪人者の妻が病いに臥《ふ》せっているので往診してやって欲しいと、沈念《ちんねん》という十一、二の小坊主を使いに寄越した。

禅師といえば智徳の高い禅僧が朝廷から賜《たまわ》る称号である。

宗源は篠山検校とも昵懇《じっこん》の仲で、この住まいも宗源禅師の仲立ちで買い取ったものだと聞いている。

「わざわざ禅師さまから往診を頼まれるなど、またとない吉兆《きっちょう》ですよ」

いそいそと往診用の薬箱を差し出しながら、篠は声をはずませた。

「おい。なにも宗源どのの往診を頼まれたわけではないぞ。病人は知人の浪人者の女房だというから、往診料などあまりアテにはできんだろうよ」

「そういうことをもうされますな。損して得とれということもございますよ」

「わかった、わかった」

篠のいいぐさに苦笑しつつ、沈念のあとをついて薬箱を手にして本願寺裏の橋を渡り、下谷山伏町に向かった。

「ご病人は禅念寺の檀家《だんか》なのかな」

沈念に尋《たず》ねてみると、こましゃくれた顔つきで「いいえ、禅師さまの古い知り合いのご紹介で訪ねてこられたおひとだそうです」と、もっともらしい口ぶりで答えてから、なにやら誇らしげな笑顔になった。

「まだ、江戸にまいられて半月ぐらいのものですが、ご新造《しんぞ》さまはなかなかお美しい方でございますよ」

「ほう……」

まだ股ぐらに毛も生えていない小坊主がおなごの器量を云々《うんぬん》するのかね、といささかおかしくなった。

浪人者が住んでいる納所は本堂の裏にある僧坊の端にあった。

禅念寺は格式は高いものの、建立《こんりゅう》されて百年はたつというだけに、本堂も古びて屋根には雑草がはびこり、いまにも化け物でも出そうな古寺である。

僧坊も下町の長屋とさして変わりはない陋屋《ろうおく》だった。

僧侶は本堂に集まって読経を謹めているらしく、木魚の音がぽくぽくと裏侘《うらわび》しく聞こえてくる。

野良犬や野良猫が境内《けいだい》のあちこちで昼寝をしているのを尻目に、沈念のあとについて僧坊の端に向かった。

いまにもはずれそうな戸障子を沈念がガタピシと音立てて引きあけると、目の前の六畳間に寝ていた病人の女が枕から青白い顔を起こし、肘《ひじ》をついて起きあがろうとした。

なるほど沈念がいったとおり、貧乏寺には不似合いな美貌の女だった。

「由乃さま、そのまま、そのまま……」

沈念はこましゃくれた口ぶりで両手をひらひらさせて部屋にあがると、まめまめしく女の肩に夜着をかけなおしてやった。

「お医者さまをお連れしましたから、もう心配はいりませんよ」

「由乃どのともうされるのか。手前は神谷平蔵ともうして本願寺の裏に転居してきて間もない医者でござる。宗源どのに往診してやってくれと頼まれましてな」

平蔵が薬箱をもったまま雪駄《せった》を土間に脱いで、六畳の寝間にあがりこむと、由乃は急いで身を起こし、寝衣のうえから半纏《はんてん》を肩にかけて身繕《みづくろ》いした。

「もうしわけございませぬ。宗源さまがなんともうされたか存じませんが、往診をしていただくほどのことでは……」

「ま、そうもうされるな。お見受けしたところ、それほど心配はいらぬようだが、せっかくゆえ診察ぐらいはさせていただこう。このまま帰ったのでは宗源どのに顔向けができませぬからの」

平蔵は気をほぐすように笑みかけた。

「寝込まれたのはいつごろですかな」

「十日あまりになると思いますが……」

台所で水仕事をしていると、ふいにめまいに襲われたらしい。

熱は出なかったが頭痛がひどく、厠に立つと立ちくらみがするので二日ほどは粥《かゆ》も口にしなかったという。

見たところ、女にしては腰の骨組みもしっかりしているし、顔の血色もよく、肌には色艶《いろつや》があり、正座した腿の肉づきもよい。

突き当たりに流しつきの台所と二口の竈《かまど》、それに入り口脇に二畳の小部屋があって、内職に筆耕《ひっこう》をしているらしく、小机の上に硯箱《すずりばこ》と筆立てが置いてあった。

夫は成宮圭之助というらしいが、徹夜で仕上げた経本の筆耕を版元に届けにいったということだった。

沈念の話によると成宮圭之助と由乃が江戸に来たのは半月ほど前だというから、わけあって食禄を離れて浪人したのだろう。

由乃の言葉遣いや挙措《きょそ》にも武家育ちらしい品がある。

「だいぶ、ご苦労なされているようですな」

「は……い、いいえ」

口ごもり、急いで視線を落とした。

「なに、大事ござらん。おおかた気虚《ききょ》からくるものでござろう」

「ききょ、ともうしますと……」

「人は馴《な》れぬ暮らしがつづいたり、不安がつのると腎《じん》ノ臓のはたらきが弱くなって立ちくらみしたり、めまいが起きたりするものでしてな。ほうっておくと肝ノ臓も弱りかねぬ」

「え……」

「なに、それほど心配なさることはない。投薬をしばらくつづければめまいや立ちくらみもしなくなるでしょう」

平蔵は気虚からくる立ちくらみや、めまいに卓効のある漢方薬を六日分、枕元の盆の上に置いた。

「そなたはすこし心労がたまっているだけで、案じられるような病いではござらん」

膝のうえにおいた由乃の手をとると、小指と薬指の付け根にある中渚《ちゅうしょ》というツボを教えた。

「ここを片方の人差し指と親指で挟んで揉《も》みほぐしていると、立ちくらみやめまいをしないようになる。それにシジミやわかめ、ひじき、胡麻《ごま》、菠薐草《ほうれんそう》などをこころがけて食することですな。おおかた江戸にまいられて、いろいろ気苦労なさったのであろうが、あまりまわりに気遣いはなさらぬことだ」

そういいおいて腰をあげた。

「あ……お代はいかほどでしょうか」

「なんの、宗源どのから頂戴いたすゆえ、その斟酌《しんしゃく》には及びませぬ」

沈念をうながして納所を辞去した。

あの貧しい暮らしぶりを見ては、とてものことに代金などもらう気にはなれない。

――これからは、お寺さまと旗本屋敷の往診を大事になされませ。

といった篠の期待もあまりアテにはならないらしいと苦笑した。

帰る前、宗源禅師に挨拶をしに僧坊に立ち寄ると、宗源は成宮圭之助と由乃は水無月藩の脱藩者で、藩から討っ手が差し向けられる恐れがあるため、寺内にかくまっているのだと告げた。

「禅寺に夫婦者を住まわせるのはどうかと思うが、ここなら人目にもつきにくいからの」

六十を過ぎた痩《や》せぎすの宗源禅師は沈痛な面持《おもも》ちだった。

「成宮圭之助という男は藩でも屈指の剣の遣い手だというから、どこぞの大藩で召し抱えてくれればそれに越したことはないが、泰平の世の中では新規召し抱えというのもむつかしかろうゆえな」

「さよう。なにせ、いまはいずこの藩でも内所は苦しい時代ですからな……」

「うむ。吉宗公も大奥の女中を半分に減らしたり、万事に質素倹約を申し渡されているのは結構じゃが、おかげで市中は不景気で火が消えたようになっておる。袋の口はあけすぎても、しめすぎても具合の悪いものじゃ」

宗源禅師はホロ苦い目をしばたたくと、懐紙《かいし》に包んだ小銭を差し出した。

「二朱包んでおいた。些少《さしょう》じゃが、知ってのとおりの貧乏寺じゃ。これで当分あの嫁女《よめじょ》の面倒をみてやってくだされ」

「恐れ入ります」

ありがたく頂戴しておくことにした。

六

帰宅してみると、台所で篠がお登勢《とせ》とふたりがかりで、きゃっきゃっとはしゃぎながら泥鰌汁《どじょうじる》の支度をしているところだった。

篠が七輪《しちりん》にかけた土鍋のなかに笹《ささ》搔き牛蒡《ごぼう》を削りいれ、お登勢が笊《ざる》のなかでもがいていた泥鰌をほうりこむと、素早く篠が鍋に蓋《ふた》をかぶせておさえこむ。

二人ともなかなか馴れた手つきだ。

上がり框《かまち》にあぐらをかいて眺めていた峪田弥平治《さこたやへいじ》が、帰宅した平蔵をにこやかに見迎えて腰をあげた。

「やあ、丁度よいところにもどられた」

「ほう、泥鰌汁ですか」

「さよう。門弟から泥鰌をもらいましたので、ごいっしょにつつこうと思いましてな」

「それはありがたい。暑気払いには何よりの馳走《ちそう》でござる」

峪田弥平治は菊坂町《きくさかちょう》で道場をひらいている起倒流《きとうりゅう》の柔術の達人で、平蔵の甥《おい》の忠之《ただゆき》にとっては師匠でもある。

もう五十の坂を越えているが、柔術で鍛えた躰は矍鑠《かくしゃく》たるもので、人生の辛酸《しんさん》をなめてきた人物だけに平蔵もおおいに教えられるところがある。

一人住まいをしていたが、縁あってお登勢を妻に娶《めと》ることになり、先般、平蔵と篠が仲人になって盃事《さかずきごと》をしたばかりだった。

お登勢が急いで額の汗を拭って、ふとやかな腰をかがめて挨拶した。

「先頃はいろいろお骨折りいただきましてありがとうございました」

「なんの。新妻になられて一段と女っぷりがあがったようですぞ」

「ま……」

お登勢は五尺三寸（約百六十センチ）という女にしては大柄な躰をすくめて羞じらった。

色白の肌が血のぼせて新妻の色気が匂い立つようだった。

お登勢は武家の娘だったが、浪人した父が小田原《おだわら》城下で寺子屋をひらいていたころ、左官職人のもとに嫁いだ。ところが、父親が病死して一年とたたぬうちにその亭主が飲み屋の酌婦《しやくふ》に首ったけになったため、さっさと離縁してもらい箱根《はこね》の芦《あし》ノ湯《ゆ》の［笹《ささ》や］という湯宿で住み込みの女中奉公をはじめた。

その湯宿の常連客だった音吉《おときち》という小間物の担《にな》い売りに口説《くど》かれて江戸に出てきたものの、音吉が鬼火《おにび》の吉兵衛《きちべえ》という盗賊の一味に殺害されてしまい、ひとりぼっちになってしまった。

鬼火の吉兵衛が［笹や］の客で、お登勢に顔を見られていたため一味の者がお登勢を襲おうとしたが、その現場に遭遇した弥平治と平蔵が危ういところを救ったのが縁で結ばれた。

お登勢は今年二十七、峪田とは親子ほど年がちがうが、夫婦仲はいたって睦まじい。

峪田は男にしては小柄なほうだから、お登勢と並んで歩くといささか蚤《のみ》の夫婦という感がしないでもない。

だが、万事に控えめなお登勢が常につつましく二、三歩あとからついていくさまはなんともほほえましいものだった。

縁側に近い座敷に陣取り、泥鰌汁ができあがるのを待ちながら、峪田と酒を酌《く》み交わした。

宗源禅師から聞いた成宮圭之助と由乃の脱藩のいきさつを峪田に語り、どこぞ、よい引き受け先はないか相談してみた。

「そうですな。大藩というのは無理だろうが、大身の旗本の家人なら藩も下手に手出しはできんのではないかな」

「そうか、兄者《あにじゃ》に頼むという手があるな」

「ただし、駆け落ちしたうえ脱藩した浪人となると、ちと難しいかも知れませんぞ」

「ま、とにかく、あの妻女《さいじょ》が床離れしてからのことでしょう」

「しかし、いくら家臣の娘とはいえ、婚儀がきまっておるのを承知のうえで側女《そばめ》に差し出せとは、なんとも呆《あき》れた藩主ですな」

「なんの、べつにめずらしいことでもござらん。家臣の娘を側女にしたばかりか、妻女まで閨《ねや》に差し出させた将軍もいるくらいですからな」

「ははは、たしかに」

「もう、そのようなおはなしはそれぐらいにして、泥鰌がそろそろ煮上がってまいりましたよ」

篠が土鍋の蓋をとると、香ばしい泥鰌汁の匂いが湯気とともに部屋にたちこめた。

「おう、これはうまそうな」

「どれどれ……」

平蔵も弥平治も、たちまち箸《はし》をのばして鍋のなかで成仏《じょうぶつ》した泥鰌を口に運び、あふあふしながら頬ばりはじめた。

裏庭に干した平蔵の褌《ふんどし》が何本も吹き流しのように風にあおられている。

七

行灯《あんどん》の火影《ほかげ》の下で成宮圭之助は今日、版元から渡されたばかりの艶本《えんぽん》の版下原稿を清書していた。

題名は［道中浮世之仇情《どうちゆううきよのかたきのなさけ》］といい、旅をする商家の内儀と供の女中がさまざまな男に口説かれる話で、文言の大半は男女が房事のときにかわす、あられもない痴《し》れ言《ごと》をえんえんと綴《つづ》ったものである。

これに浮世絵師の淫《みだ》ら絵をつけて艶本に刷り上げて売るのだという。

圭之助が清書した原稿を彫り師が鑿《のみ》で版木に刻んで摺師《すりし》の手に渡り、ようやく絵《え》双紙《ぞうし》になる。

むろんのこと、絵のほうが主役で文字のほうは脇役でしかない。

圭之助の筆は武家だけに文字がしっかりしていて、彫り師の評判はいいらしい。

ただ、賃金は一枚が五文という微々《びび》たるもので、一冊の艶本を書き上げても一分一朱か二朱がやっとというところだった。

一冊清書するのにどうしても十日以上はかかるから、大工や左官の日当にくらべれば雀の涙のようなものだ。

とはいえ、扶持を失った侍など水からあがった河童《かっぱ》のようなもので、たとえ艶本の清書などという人にいえないような仕事でも、ありつけるだけましということが江戸に出てきて身にしみている。

この内職も宗源禅師の口利きでなんとかありついたのだ。

たまには学問書や経本の筆耕もあるものの、そちらのほうは賃金は安く、艶本のほうが割はいいので、仕事の選り好みをしている場合ではなかった。

～縁が惚《ほ》れたか惚れたが縁か　恋にふたつはなけれども　思いはたったひとすじに　可愛ふなふてなんとせう……

あられもない房事の睦言《むつごと》に無心で筆を走らせていたとき、時の鐘が四つ（午後十時）を打つのが聞こえてきた。

もう夜半近いというのに、昼間の余熱がこもっているのか窓のない狭い小部屋のなかは蒸《む》し暑く、うなじから胸にかけて汗がじわりと吹き出してくる。

「おまえさま……」

隣の六畳間で寝ている由乃がおずおずと声をかけてきた。

「うむ。厠か……」

圭之助は筆をおいて、ふりむいた。

「いいえ。おまえさまが寝ずに内職をなされていると思うと、もうしわけなくて……」

由乃は床の上に躰を起こして正座すると、唇を震わせて涙ぐんだ。

圭之助は腰をあげて由乃のかたわらに足を運び、片膝ついて由乃の肩を抱き寄せた。

「おれは辛《つら》いなどとすこしも思ってはおらぬ。そなたとこうしてともに暮らせるなら、どんなことでもする。よけいな心配はせずに眠るがよい」

静かに由乃を床に寝かしつけると、首にさげていた手拭いで由乃の額の汗を拭いとってやった。

「神谷平蔵とかもうされる御医師からいただいた薬の効き目はどうかの」

「はい。九つ半ごろと六つ半ごろの二度飲みましたら、胸のもたれもすこし薄らいで、ずいぶん楽になったような気がいたします。厠に立ってもめまいするようなこともなくなりました」

「それはよかった。禅師のお知り合いだともうされていたから腕のよい御医師なのだろう。筆耕の賃金ももらってきたゆえ、明日はシジミ汁に菠薐草の胡麻和《あ》えをつくってやるから食してみるがよい」

「もうしわけございませぬ。おまえさまに台所仕事までしていただいて……」

「そのような気遣いは無用じゃ。いまのおれにとっては、そなただけが生き甲斐《がい》なのだからな」

「おまえさま……」

由乃は圭之助の手をつかみしめ、ひしと頬におしあてた。

「わたくしが迂闊《うかつ》だったために大事な金子《きんす》までなくしてしまいまして。あのお金さえあればおまえさまに内職など……」

「そのことはもういい。いうても詮《せん》ないことだ。忘れてしまうことだ」

この禅念寺の僧坊に仮住まいさせてもらうようになって七日目、圭之助が筆耕の仕事をもらいに版元に出向いたあいだに由乃は近くの湯屋に出かけた。

その留守に押し入れの布団のあいだに隠しておいた八十両もの虎の子を盗み去られてしまったのである。

盗んだのはどうやら寺に出入りしていた担い売りの朝吉《あさきち》という男らしいと見当はついた。

しかし旅回りの商人だけに、とうに高飛びしてしまっただろうと寺社奉行配下の同心はいっている。

たしかに八十両もあれば、数年は夫婦二人が食うに困ることはないだろうが、まさかに真っ昼間、寺の僧坊を家捜しして金を盗んでいく者がいるとは由乃も思ってもいなかったのだろう。

それ以来、由乃が傷心気味になっていたのが床につくようになった原因かも知れない。

　神谷平蔵という医師は病いは傷心からくるものではないかと診断したという。

　これまで禄高二百五十石を拝領する郡奉行の娘として何不自由なく暮らしていた由乃にとって、銭がないのは首がないのもおなじことという町家暮らしは、たとえようもなく心細いものにちがいない。

　そうはいっても覆水盆《ふくすい》に還らずで、いまさら後戻りはできない二人である。

「よいか。いずれにせよ、あの金もいずれは使い果たすのは目に見えておった。気を強くもって元気をとりもどしてくれればなんとでもなる。わかったな」

　圭之助はひしと由乃を抱きしめた。

「は、はい……」

「よしよし、それでよい」

　床下で虫のすだく声がかすかに聞こえてきた。

第四章　からみ酒

一

平蔵は裏庭に面した縁側にあぐらをかいて薬研《やげん》を挽《ひ》いていた。薬研は漢方の生薬《しょうやく》を粉に挽くもので、医者にはかかせない道具である。

鉄製の舟形の真ん中にうがたれた溝《みぞ》のなかに生薬を入れ、真ん中に取っ手の軸を通した鉄の車輪を溝にあてがい、軸の左右を両手でつかんで車輪を回転させながら生薬を押し砕いて粉にする。

問屋で粉に挽いてあるものを買うこともあるが、養父直伝の秘薬などはみずから挽かなければならない。

それに一日粉に挽いてしまうと湿気を帯びやすいので、当座使う分はおのれの手で挽いたほうが薬の効き目がちがう。

妻の篠は手拭《てぬぐ》いを姉さまかぶりにし、白地に藍色《あいいろ》の弁慶縞《べんけいじま》という地味な単衣物《ひとえもの》の袖《そで》をたくしあげ、襷《たすき》がけになって庭の隅の井戸端で盥《たらい》の前に両足を左右におおきく踏んばり、洗濯に余念がない。

平蔵は薬研の手を休めて、白壁の塀の向こうに聳《そび》える東本願寺の大甍《おおいらか》に目をやった。

目を転じると北東には浅草寺《せんそうじ》の堂塔伽藍《どうとうがらん》が聳えたっている。

浅草界隈《かいわい》は、大寺小寺あわせて百を超える寺がひしめく江戸の寺町である。

それらの寺にいる僧侶の数は優に千人は超えるにちがいない。

それにもかかわらず、これまで一向に坊主の患者が現れないのはどういうわけだと首をかしげたくなる。

近頃の坊主はだれもが精進潔斎《しょうじんけっさい》して身を慎んでいるわけでもなかろう。

なかにはひそかに妾《めかけ》をかこっている和尚《おしょう》もいるだろうし、般若湯《はんにゃとう》と称して酒を飲んでいる生臭坊主もすくなくないはずだ。

僧侶とはいえ人間なら病いにもかかるだろうし、怪我もするはずだが、一向に平蔵のところに現れる気配がない。

昨日は宗源禅師の使いで、僧坊に仮住まいしている浪人の妻女《さいじょ》の往診を頼まれたが、ここに開業して数ヶ月になるというのに寺から往診を頼まれたのは昨日の一件だけだ。

——これからは、きっとお寺さまの往診がふえますよ……。

といった篠のご託宣《たくせん》もあまりアテにはならないようだなと苦笑したとき、台所の土間から矢部伝八郎が腰の物を片手にしてのそりとあがりこんできた。

「なんだ、ここにおったのか……」

「なんだとはなんだ。玄関で訪《おとな》いもいれずに無断であがりこんでくるのはコソ泥ぐらいのものだぞ」

「ま、ま、そうとんがるな……」

どっかとあぐらをかくと、洗濯をしている篠のほうに目を向けた。

「ふうむ、どうやら、きさまもようやく良妻を得て琴瑟相和《きんしつあいわ》しておるようだな。いや結構、結構……」

「ちっ、らしくもないよいしょをしやがって、なにか魂胆《こんたん》でもあるのか」

「なんの。このところ無沙汰《ぶさた》しておったゆえ、ちくとようすを見にきたのよ」

「ようゆうわ。ひところは引っ越しで猫の手も借りたいくらいだったんだぞ」

「なんだ、そういってくれりゃ何はさておき素っ飛んできたのにな」

すっとぼけて室内を見渡した。

「ほう、さすがは旗本の妾宅《しょうたく》だっただけに小粋《こいき》な家作だの……」

「あら、ま、矢部さま……」

篠が襷をはずしながらカラコロと下駄を鳴らして駆け寄ってきた。

「おいでになったのに気がつきませんで……いま、冷たい麦茶でもさしあげますわね」

「いやいや、おかまいなく……わしは身内同然みたいなものですからな」

「もうしわけございませぬ。こんなはしたない格好で……」

篠は顔を赧《あか》らめ、膝上までたくしあげていた裾《すそ》を急いでおろして身繕《みづくろ》いした。

「なんの、篠どのの洗濯姿は浮世絵の美人百態にでもしたいような色気がありますぞ」

「ま、ようもうされますこと……」

篠は吹き出しかけ、急いで台所に退散していった。

いつものことながら、伝八郎の歯の浮くような世辞に平蔵は呆《あき》れかえった。

「人の女房によいしょする暇があったら、せいぜい育代《いくよ》どのをいたわってやれ。そろそろ産み月も近いんだろう」

「ああ、いまや今戸焼《いまどやき》の狸《たぬき》さながらの腹ぼてよ。下手《へた》によいしょしてみろ。暑苦しいと蹴飛ばされるのがオチだ」

途端にげんなりして両手で腹の前で輪をつくってみせた。

「ゆうべもな。ひさしぶりにご機嫌うかがいにちょいと手を出したら、腹のややにさわりますとピシャリと撥《は》ねつけられたわ」

「ははぁ……今戸焼の狸にふられたというわけか」

心外千万といわんばかりに口を尖《とが》らせた。

「あら、今戸焼の狸がどうかしたんですの」

麦茶を運んできた篠が首をかしげた。

「ン、なに、この時期、今戸焼の蚊遣《かや》りなしではいられんということよ」

平蔵、とぼけてごまかした。

「それにしても、よい住まいだのう……」

伝八郎は部屋のあちこちに目をやり、羨《うらや》ましげな嘆声をもらした。

「十畳間が居間で、檜《ひのき》の柱に鴨居《かもい》に長押《なげし》つき、床の間には漆塗《うるしぬ》りの刀架け、おまけに天井板は杉《すぎ》の柾目《まさめ》とくれば武家屋敷並みだ。こんなところで寝ておるのか」

「馬鹿をいえ。寝間は奥の八畳間だ。蚊帳《かや》を吊るには十畳は広すぎるからな」

「ふうむ。青い蚊帳を吊ってふたりっきりでしんねこか……ええのう」

伝八郎、やるせなさそうな太い溜息をついた。

「なにをぬかす。だいたいが人の住まいなどというものは起きて半畳、寝て一畳、あとは台所と厠《かわや》がついておれば事足りる」

平蔵、こともなげに一蹴《いっしゅう》した。

「床の間などというのは所詮《しょせん》は飾りものよ。やれ、花瓶や掛け軸などを飾ってみたところで屁《へ》のつっぱりにもならん。掃除の手間がふえるだけのことだろうが」

「ま、たしかにな……」

「玄関脇の六畳は患者の治療室に使えるから、便利といや便利だが、なければないで寝間を治療室にすればいいだけのことよ」

「しかし、きさまのところは夫婦二人暮らしだからいいようなものの、おれのところなんぞ、総勢五人が蚊帳のなかにひしめきあっておるからのう」

「ふふふ、夫婦親子がひしめきあって寝るのも悪くはなかろうよ。兄者《あにじゃ》の屋敷などは広すぎて、兄者と嫂上《あねうえ》は寝所が離れておるからな。ちょいと手を出して仲良くしようという気にもなりにくいだろうよ」

「ま、御大身の旗本屋敷などに住みたいとは思わんがな、ひとつ蚊帳のなかに五人が寝るのも大変だぞ。なにせ、ちょいと寝返りをうつと蚊帳の釣り手がはずれて投網《とあみ》にかかった魚みたいなもんで、おちおち寝返りもできんし、小便に立つのも気をつかう」

「ふふ、投網にかかった魚か。それもまた賑《にぎ》やかでよいではないか」

「祭りじゃあるまいし、毎夜、チビは寝惚《ねぼ》けて蚊帳にからめとられて泣くわ、家内が叱りつけるわで、おちおち眠ることもできん始末よ。おかげでこのところ寝不足気味でな」

　伝八郎、おおあくびをひとつしてから首をのばし、声をひそめてささやきかけた。

「どうだ、おい。もうそろそろ店じまいしてもよかろうが」

「店じまい……」

「いや、その、ひさしぶりに一杯酌《く》み交わしてもよかろうということよ」

「ははぁ、それでできたのか」

「まぁ、な……」

　ぽんとひとつ胸をたたくと、にんまりしてみせた。

「軍資金ならまかせておけ。なにせ、きさまの転宅祝いだからの。今夜の勘定はおれがもつ……」

　ちらりと洗濯物を干している篠を見やってから声をひそめた。

「なんなら吉原にくりこんでもいいぞ」

「バカもやすみやすみいえ。あんなところは大名の馬鹿息子か、成金が小判を捨てに行くところだぞ」

「ふふふ、ま、ちがいないの」

「それにしても、きさま。いつもは吝《しわ》いくせに今日は太っ腹なことをいうな」

「ン、なに、先日、おれが面倒をみてやっていた門弟に切り紙を出してやったのよ」

「ははぁ、その礼金でもはいったのか」

「おお、その父親が普請方《ふしんかた》の改役《あらためやく》でな。よほど脇からの実入りがあると見え、五両も包んできたのさ」

「おい。それを一人でぽっぽにいれたのか」

「馬鹿をいえ。いちおう師範の井手《いで》さんに渡したところ、二両は道場の入金にして三両は面倒をみたおれの取り分にくれたわけよ」

「ほう。きさまにしては上出来だ」

「なにをぬかすか。師範代としては当然のことよ」

どんと胸をたたいてから、ふいに声をひそめた。

「なにせ、育代は銭に吝いからの。こういうことでもないと息がつまる」

「ふふっ、きさまのところは育ち盛りの子が三人もおるんだ。育代どのが巾着《きんちゃく》の紐《ひも》を締めるのは当然だろうよ」

「しかしだぞ。昨年は篠山検校の危機を救った礼金もあれば、大身旗本阿能家《あのうけ》の御家騒動を鎮めてもらった礼金もあったろう」

「ああ、検校はともかく、阿能家はずいぶんとはずんでくれたな」

「しかも、先年は伊皿子坂《いさらござか》で吉宗公のために大汗かいて大枚の下賜金《かしきん》をいただいた。すべてとは言わんが、その大半は育代に渡してやったのよ」

「ああ、それはおれもおなじことだ。それがどうかしたか」

「ちっちっ！　どうかしたかもないもんだ。……にもかかわらず、あの金はどこに消えてしまったのか、とんとわからん」

「なんだ、それならきまっとろうが。育代どのがしっかりと簞笥《たんす》の底か、さもなくば押し入れの奥にでも蓄えておるさ」

「ううむ、やはりそういうことか……」

洗濯物を干しおわった篠が台所に向かうのを見送って、伝八郎は顎《あご》をしゃくってみせた。

「きさまのところはどうなんだ。やはり財布の紐は篠どのが握っておるのか」

「あたりまえだ。商人《あきんど》ならともかく、たいがいの家は財布の紐は女房が握っておるものよ。男に財布をまかせておいた日には、ろくなことに使わんと相場はきまっておるからな」

「ふうむ……」

伝八郎、やるせなさそうに太い溜息をついた。

「それに、おれもきさまも、どういうわけか剣難がついてまわる運勢らしいからな。いつ、どこでどうなるか知れたもんじゃない」

「まぁ、な……」

「篠も、育代どのも万が一、後家になったときのために貯めこんでおるのさ」

「ちっ！　育代が吝いのはそのせいか」

「なに、育代どのだけじゃない。篠もその口よ。あれで、なかなか財布の口は堅いぞ」

「ふうむ……男は所詮、おなごの腹のうえで操られておる道化だの」

「ふふ、きさまにしちゃ悟ったことをいうじゃないか」

「ちっちっ、悟ったわけじゃない。やけのやんぱち日焼けの茄子《なすび》よ。今夜はとことん呑んでやる」

二

浅草寺の時の鐘が五つ（午後八時）を打つ音が、ゆっくりと間をおいて腹の底に響くように伝わってくる。

将軍吉宗が財政改革に乗りだし、みずから営中でも常に綿服を身につけて質素倹約の範をしめすようになったため、江戸市中の繁華街も夜遅くまで飲んだくれている者はめっきりすくなくなった。

川向こうの永代寺《えいたいじ》界隈の花街と肩を並べる、ここ浅草の賑わいもひところよりはめっきり酔客の数もすくなくなっている。

しかし、伝八郎がこのところ贔屓《ひいき》にしているという「鳥源《とりげん》」という居酒屋に尻をおろしている酔客は一向に腰をあげる気配すらなかった。

「なるほど、きさまが気にいっている店だけのことはあるな」

神谷平蔵は［鳥源］の奥の武家席に陣取り、鳥の串焼きを頰ばりながら店内を見渡して、親友の矢部伝八郎にうなずいてみせた。

「食い物も酒もいけるし、女中たちの客あしらいも悪くない」

「だろう……」

伝八郎は得意げに小鼻をふくらませ、片目をつむってみせた。

「それに値段も安い。二人でたらふく飲んで食っても一朱か二朱あればこと足りる」

吉原にでもくりこもうかとほざいたわりには、なんともみみっちい算用を口にして、盃を片手に首をつんだすと声をひそめてにんまりした。

「それにここのおなごたちがまた可愛《かわゆ》いのよ。ほれ、いま、あすこで注文をとっているのが、おみつといってな、三年前に相模《さがみ》から出てきた娘だが、どうやらおれに気があるらしいのだ」

なんのことはない。いつものように勝手にもてていると思い込んでいるだけの他愛もない自惚《うぬぼ》れにきまっている。

「おい、またぞろ浮気の虫が騒ぎだしたらしいな」

「なにをぬかすか。きさまにいわれる筋合いはないわ」

伝八郎はぐいと盃の酒をあおると、口を尖らせて食ってかかった。

「おれの浮気など可愛いものよ。つぎからつぎへとちょくちょくおなごを乗りかえておるのは、きさまのほうだろうが。ン？」

盃に酒をつぎながら伝八郎は指折り数えはじめた。

「まずは縫《ぬい》どのにはじまり、つぎは井筒屋《いづつや》の後家とよろしくやっていたかと思うと、間もなくして磐根藩の内女中の文乃《あやの》どのをまんまと長屋にくわえこんだろう」

「こら、くわえこんだとはなんだ。人聞きの悪い。縫も、文乃もおれは妻にする気でいたんだぞ」

縫というのは、かつて平蔵が神田新石町《かんだしんこくちょう》の長屋でひとり住まいをしていたとき、おなじ長屋に伊助《いすけ》という子供といっしょにいた寡婦《かふ》のことである。

伊助の災難を救ってやったのがきっかけでわりない仲になり、妻に娶《めと》るつもりだったが、伊助は東国磐根藩の藩主の隠し子だったと判明し、縫ともども藩に引き取られた。

伊助は世継ぎの若殿になって、縫は育ての親として大事にされている。

文乃は磐根藩の奥女中で、ひょんなことから平蔵と男女の仲になったものの、生家の跡目を継いで婿《むこ》を迎える身になったまでで、いずれも平蔵に責めはなく、伝八郎にとやかくいわれる覚えはない。

「ふふふ、ま、そうむきになるな」

伝八郎は屁の河童《かっぱ》でにんまりした。

「わけはともかくだ。そのあいだ、きさまはたっぷりといい思いをしたんだから文句はなかろうて……」

平蔵の異議申し立てをあっさり一蹴した。

「しかもだ。その文乃どのが磐根に帰国し、意気消沈していたかと思えば、山また山の彼方の九十九《つくも》の里から波津《はつ》どのという上玉《じょうだま》をさらってきて、ちゃっかり妻にしてしまったろう。ええ、おい。まるで手妻《てづま》師そこのけの早業だ」

「こいつ、手妻師とはなんだ。人の揚げ足取りもいい加減にしろ」

「うんにゃ、そうはいかん」

伝八郎は糠漬《ぬかづ》けの蕪《かぶ》を口に頬ばりながらかぶりをふって、なおも平蔵の女出入りをあげつらった。

「さらにだ。その波津どので年貢《ねんぐ》のおさめどきかと思えばなんのことはない。一年そこそこで波津どのをチョンにしたあげく、たちまちに篠どのという美人をものにして涼しい顔をしておろうが」

「おい、チョンにしたとはなんだ。波津は曲家《まがりけ》という岳崗藩でも由緒ある名跡《みようせき》を絶やさぬため、やむをえず九十九郷にもどって婿取りせざるをえなくなったのよ」

「なにがやむをえずだ。波津どのの後釜《あとがま》にちゃんと篠どのをあてる目算《もくさん》があってのことだろうが」

「こら……目算とはなんだ。人聞きの悪いことをぬかすな」

「いいではないか。ちゃんと帳尻《ちようじり》がうまくあっておる。波津どのも上玉だったが、後釜が篠どのとあればいうことはなしよ」

伝八郎のやっかみはとどまることがない。

こういうときは黙っていいたいだけいわせて、やりすごすのが上策というものだ。

三

波津は岳崗藩九十九郷の永代郷士を家康《いえやす》から許された名門曲家の一人娘だった。

平蔵が江戸を離れ放浪していたとき、恩師佐治一竿斎の剣友でもある曲家の当主官兵衛《かんべえ》のもとに十月あまり身を寄せていたあいだに情をかわし、妻に娶ったのである。

波津が子を出産したら曲家の跡取りにするという約束だったが、その曲官兵衛が中気で倒れてしまい、波津は看病のため九十九郷に帰郷してしまった。

九十九一族の本家の一人娘でもある波津は官兵衛にかわって一族を束ねることになり、やむなく平蔵と離別せざるをえなくなったのである。

波津が平蔵の身の回りの世話を託したのが、そのころ団子坂下《だんござかした》にひとり住まいしていた篠だった。

篠は波津よりは年上だが、なかなかの器量よしで、気配りもそつがなく、伝八郎などは──波津どのが戻らないのなら、さっさと篠どのを後釜にしてしまえ──としきりに焚《た》きつけていたものだ。

他人にとやかくいわれる筋合いはないが、伝八郎はそんなことにはおかまいなしに焼き鳥の串をぐいとしごいて口をもぐもぐさせながら、なおも岡焼き気分でしつこく食いさがってくる。

「ええ、おい。しかも、だぞ……」

ふいに声を落とし、羨ましそうにちっちっと舌打ちした。

「その合間合間に、おもんどのという滅法界《めっぽうかい》、色っぽい女忍びとも長年にわたって、つかず離れずでしんねこの仲とくりゃ、これはもう男冥利《おとこみょうり》につきるというもんよ」

溜息まじりにウイッとげっぷをもらした。

「それにしても世の中、ちと不公平すぎやしないか。ン……」

――なにが不公平だ……。

伝八郎とて育代という子持ちの寡婦に惚《ほ》れ込んで妻にするまでにいろいろと血迷い、女出入りがあったことは親友として熟知している。

ときには色仕掛けにひっかかり、刃傷沙汰《にんじょうざた》になることもあった。

とはいえ、こういうときの伝八郎にはできるだけ逆らわないことにしている。

なにしろ二人は五つ六つの餓鬼《がき》のころからの遊び仲間で、悪所通いもいっしょだった。

そればかりか鐘捲流の達人で江戸五剣士の一人に数えられる佐治一竿斎の剣道場にともに通った剣友でもある。

妻の出産を平蔵が手がけたことから知己になった無外流の剣士、井手甚内《じんない》と伝八郎との三人が共同で日本橋《にほんばし》の小網町《こあみちょう》に剣道場をひらいたが、平蔵が医業に専念する腹をきめたため、いまは甚内を師範にし、伝八郎が師範代におさまっている。

伝八郎は上背が五尺八寸（約百七十六センチ）、胸板が厚く、骨盤も幅があり、［鳥源］のような安い飲み屋の腰かけなら座っただけでギシギシと悲鳴をあげかねないほどの恰幅《かっぷく》がある。

その巨軀から繰り出す剛剣には平蔵も一目を置いている。

ただ、平蔵との手合わせでは平蔵の剣が攻守兼備しているのにくらべ、伝八郎の剣はしゃにむに攻めに片寄る嫌いがある。

平蔵は攻守の変化を秘めたまま位を崩さず、一瞬の隙を見逃さずに仕留める瞬速の剣に一日の長があった。

そのことは伝八郎も知っていて、剣では平蔵に半歩譲っている。

とはいうものの竹馬《ちくば》の友には微塵《みじん》の変わりもなかった。

伝八郎が無類の女好きのわりに女にもてないのは、口説《くど》きかたが不器用で口より手が先になるため女のほうが引け腰になるせいだが、本人は一向に気づいていない。

平蔵は若いころから、どういうわけか危難をしょいこむ宿命があるらしく、これまで数え切れないほどの修羅場《しゆらば》にぶちあたってきたが、そんなとき伝八郎は迷うことなく平蔵とともに死地におもむいてくれた。

平蔵にとってはかけがえのない親友だが、生来口さがなく、人前もはばからず言いたい放題でものをいう。

それはともあれ、俗にいうケツの穴まで知りつくした仲だから、何をいわれても馬耳東風《ばじとうふう》で聞き流すのが無難だった。

「だいたい、きさまだけがやたらと女にもてるのがとんとわからん。おれのほうがずんとおなごには優しいはずだがのう」

「バカ。もててなんかいるもんか。どの女もおれから縁を切ったわけじゃなし、みんな向こうから去っていったんだぞ」

「それこそが男冥利につきると、おれはいいたいわけよ」

「女に去られるのが男冥利かね」

「そうよ……だいたいが、おなごなどというのは可愛いのはせいぜいが一、二年で、あとは亭主など餌《えさ》を運んできちゃ、合間にせっせと種つけに励むだけの代物《しろもの》としかみちゃおらん。ウイッ……」

ひとつ、げっぷをもらしてから伝八郎は嘆き節になった。

「その種つけにしてもだ。ハナは育代もしおらしく羞じらっておったのが、いまや腰紐をとくなり亭主を手繰《たぐ》りこんで、だ……」

「ほう、打って返しで大男のきさまをおさえこむのか」

「ン……いや、ま……」

口ごもり、さすがに気がさしたとみえ、げんなりと声をひそめた。

「ま、この先はちと品さがるゆえ、よしにしとこう……」

——いまさら品さがるもないものだ。

平蔵は苦笑したが、伝八郎の嘆き節はわからんでもない。

伝八郎はやんちゃ坊主がそのまま大人になったような男だが、根っこは情に厚く、いざとなれば百万人といえども我ゆかんと、平蔵とともに敢然と死地に飛び込んでくれる俠気《おとこぎ》の持ち主である。

四

「しかし、きさまはえらい。たいしたもんよ……」

平蔵は盃を口に運びながら、目を細めて真顔でうなずいた。

「三人もの子持ちだった寡婦の育代どのに惚れ抜いて妻にしたときは先行きどうなるかと心配したもんだが、なんのなんの、今じゃ一家のあるじとしてでんとおさまっておる。なかなかできんことだぞ」

「アン……」

伝八郎は狐《きつね》につままれたようにキョトンとして見返した。

「きさま、おれをおちょくっておるのか。ええ、おい……」

「いやいや、本気も本気。たいしたもんだと、常日頃おおいにきさまを見直しておる」

「ちっ！　よういうわ」

伝八郎、照れ隠しにつるりと顎を撫《な》でた。

「なぁに、俗にいう割れ鍋になんとやらというやつでな。勢いあまってのっかった舟ゆえ、いまさら降りるにも降りられまいが」

「そこが、きさまのきさまらしいところだ。おれがひょんなことから足を痛めていた育代どのを三味線堀《しゃみせんぼり》の長屋までおぶっていったとき、きさまが縕袍《どてら》姿で背中に赤ん坊の大助《だいすけ》をおんぶして、圭介《けいすけ》をあやしているのを見たときのことは、いまだに忘れられん……」

平蔵は遠い目になってつぶやいた。

「しかも、圭介はきさまをちゃんと呼んで甘えておった……」

「う、う……こいつ、古いはなしをもちだしおって、よせよせ」

「いやいや、そう遠いはなしでもないぞ。おまけにだ。まだ、お下げ髪の可愛い女の子までが、まめまめしくきさまの手伝いをしているのを見たときは唖然呆然《あぜんぼうぜん》、白昼夢《はくちゅうむ》でも見ている思いがしたもんよ」

「おい、もうよさんか、神谷……」

伝八郎、まぶしそうな目になった。

「ありゃ、矢部伝八郎、一代の不覚というやつだ。おおかた、魔がさしたというべきだろうな。あのときは育代にべた惚れで前後の見境をなくしていたのよ。ウン……」

「なにをいうか。育代どのは三人の子持ちにもかかわらず気性が若々しく、武家の出だけあって凜《りん》としたところがある」

平蔵、おおきくうなずいた。

「おまけにだ。所帯の切り盛りにもそつがなく、きさまのようないくつになってもやんちゃ坊主のようなところがある男の連れ合いにはもってこいの妻だぞ」

「ン……」

「しかも、圭介も大助も、きさまをほんとうの父親のようになついておるし、長女の光江《みつえ》は酔っぱらって帰ったきさまを甲斐甲斐《かいがい》しく介抱しておる。もはや、きさまはまぎれもなく三人の父親よ」

「ああ……それはそうよ。おれも三人はかわゆうてならん」

「それみろ。血のつながりなどどうでもいいことだ。三人とも滅多におらん、よくできた子たちだぞ。実の子でも出来の悪い倅《せがれ》や娘で悩んでおる親はいくらでもいるからな」

「ン、うむ……」

神妙にうなずいた伝八郎が、むくりと顔をあげた。

「それはそうだが、肝心の育代が今ひとつ、気にいらん！」

ウイッとげっぷをひとつして、じろりと平蔵を睨《にら》みつけた。

「ハナはたしかに、おれが惚れ抜いただけあって身の回りの面倒も間然《かんぜん》するところはなく、おれの兄者もよい妻を娶ったと褒《ほ》めてくれたもんよ」

「そうだろう、そうだろう……」

「ま、待て待て……それも、たかだか一年そこいらよ。いまや、ちょいと朝寝していると布団をひっぺがしてたたき起こすわ、掃除の邪魔になると追い出すわ、夜は夜で、たまにちょいと腰に手をまわして誘いをかけると大助に乳を含ませて半分眠りながらどでんと股をひろげて、早くすませてくださいましねといわんばかりよ。ええ、おい」

じろりと酔眼《すいがん》を据えて、口を尖らせた。

「これじゃ、せっかくの棹《さお》も中折れするというもんだろうが」

これには平蔵も苦笑いするしかない。

「まぁ、そうはいうがな。育代どのは夫と死別してから三人の子をかかえて、女手ひとつで育ててきた気丈《きじょう》なおひとだぞ。しかも、まだ育ち盛りの乳飲み子がおる。そうそういつまでもしおらしくしておられまいが。ン」

平蔵、ここは親友として忠言してしかるべきところである。

「しかも、育代どのは剣術のほかにはこれという取り柄のないきさまの伴侶《はんりょ》になってくれたんだぞ。さほど文句もいわず連れ添ってくれているだけでもありがたいと思わんか」

「ちっ！　きさまにいわれたくないわ。酒とおなごと剣術だけとくれば、おれとちょぼちょぼだろうが」

「おお、そうよ。だから、おれは篠を大事にしておるわ」

「けっ、そのわりには一向に赤子《やや》ができんのはどういうわけだ」

「なにぃ……」

「おい、きさま、もしかして、ほかで種まきに精出しておるのではないか。ン？」

「なにをいうか。そういうのを下衆《げす》の勘繰《かんぐ》りというんだぞ」

「なにぃ。下衆とはなんだ、下衆とは……聞き捨てならんな」

声高な言い合いに、まわりの客が喧嘩《けんか》でもはじまるかと勘違いしたらしく、いっせいに顔を見合わせている。

なにしろ平蔵のほうは頭は惣髪《そうはつ》にして着流しに二本差しただけの無難な浪人風だが、伝八郎は五尺八寸の大男のうえ、髪を大髷《おおまげ》に結い上げ、袴《はかま》をつけた剣客風のいかつい風体である。

おまけに声もでかいから、まわりの客が及び腰になるのも無理はなかった。

「おい、店の客が脅えておるぞ」

平蔵は声を落として目配せした。

「アン？」

ようやく伝八郎も気づいたらしい。

「ははは っ、いや、なに、これはいつものことでな。喧嘩ではないゆえ、毛頭心配はいらんぞ」

まわりの客に愛想よく笑顔をふりまいてから、声を落とすと、またぞろ嫌みを蒸《む》し返した。

「それにしてもだ。役者の早替わりじゃあるまいし、きさまは所帯をもつ前と今ではちがいすぎると、おれはいいたいわけよ」

「あたりまえだ。およそ、男と女などというものは惚れた腫《は》れたで熱くなっているのは初手だけと相場はきまっておる。三度の飯とおなじようなもんよ。馳走《ちそう》も三度三度じゃ飽きて茶漬けが食いたくなるだろう」

「けっ、茶漬けも毎度じゃ箸《はし》をつける気にもなれんわ」

伝八郎の嘆き節はとどまる気配もない。

「しかしな。峪田さんによれば、おなごなどというものは巣づくりがすめば女王蜂に変身するもんらしいぞ」

平蔵は峪田弥平治の比喩《ひゆ》を受け売りで拝借した。

「蜜蜂も一匹の女王蜂のために何匹もの雄《おす》が必死で戦い、交尾したら短い一生を終える。……カマキリの雄などは番《つが》いの役目を果たすと雌《めす》に食われてしまうんだぞ。人も獣の仲間だからな。種つけと餌を運ぶのが雄の定めというもんよ」

「ちっ！　なにをぬかしやがる。カマキリの雄といっしょにされてたまるか……」

「あらあら、矢部さまはカマキリの雄なんですか」

さっき伝八郎が可愛いおなごだと目尻をさげていたおみつという女中が漬け物の鉢《はち》を運んできた。

「はい、矢部さまの大好物の胡麻《ごま》をかけた沢庵《たくあん》の千切りですよ」

「おうおう、おみっちゃん……」

途端に目尻をさげると、すかさず手をのばして尻をつるりと撫でた。

「もう、すぐにそれなんだから……」

おみつはピシャリと伝八郎の手をひっぱたいて睨みつけた。

「ご新造《しんぞ》さまにいいつけますよ」

「いいとも。おみっちゃんさえウンといってくれりゃ、女房なんぞいつでもお払い箱にしてやる」

「ま、いやだ。カマキリの雄はさいごには雌に食べられちゃうんでしょう。えらそうなこといってると、そのうちご新造さんに寝首かかれちゃいますよう。ふふふっ」

おみつは形よくふくらんだ尻を左右にふりながらさっさと背を向けるとカラコロと下駄を鳴らして逃げていった。

年は十八、九の小娘で、胸や臀《しり》も厚みがある伝八郎好みの躰をしているが、どうやら伝八郎はていよくあしらわれているようだ。

「おい。そろそろ引き上げるとしよう」

さっさと腰をあげた平蔵に伝八郎は未練たらしく泣き言を吐いた。

「こら待て待て、あと一本だけつきあえ」

手首を強引につかんで片手拝みした。

「実はの、昼前、育代とちょいとしたことでもめてな。あやつがうまく寝ついたころに帰りたいわけよ」

「ばかばかしい。きさまの夫婦喧嘩の都合にあわせていられるか」

問答無用でふりきって腰をあげた。

「ちっ、友達甲斐のないやつだな……」

伝八郎は往生際わるく、徳利をさかさまにして滴《しずく》を盃に落としている。

第五章　吉凶は紙一重

一

浅草の瓦町《かわらまち》に店を構える［蓬莱屋《ほうらいや》］は刀剣や槍《やり》、薙刀《なぎなた》をはじめ甲冑《かっちゅう》や馬具なども売買する武具屋の老舗《しにせ》であった。

武具の売買の相手は侍がほとんどで、買うほうは白昼《はくちゅう》が多く、売るほうは日暮れてからひっそりと訪れるものと相場はきまっていた。

侍が命綱の武具を売るのは懐中がよほど逼迫《ひっぱく》している場合がほとんどだからである。

そのため武具屋は、売り手のために日が沈んでも五つ（午後八時）過ぎまで潜り戸をあけている店が多かった。

——その夜。

［蓬萊屋］を一人の浪人者が人目を避けるように訪れた。

いちおう小倉袴《こくらばかま》こそつけていたが、その袴も黒い綿の袷《あわせ》も古着らしく羊羹色《ようかんいろ》に変色し、袖口《そでぐち》や袂《たもと》も糸がほつれかけている。

古手物らしい角帯に刀は大小二本差していたが、藁草履《わらぞうり》をつっかけた紺足袋《こんたび》の先は惨《みじ》めにほころびて親指の爪先がこんにちはをしている。

見るからに貧にやつれた浪人者だったが、まだ二十歳《はたち》代らしい若々しい顔はきりっとしていた。

「手前、ゆえあって禄を離れて江戸に出てまいったが、成宮圭之助ともうす」

「これは、ご丁寧に……手前は番頭の徳治郎《とくじろう》ともうします」

「うむ。徳治郎どのだな……なにぶん、よろしく頼みいる」

圭之助は律儀に挨拶《あいさつ》してから、すこし間をおいて口ごもった。

「じつはの。国元を出るとき所持していた、虎の子の金子《きんす》をなくしてしもうてな」

「ははぁ……それは、また」

「いや、なくしたというより妻が湯屋にいっておったあいだに、押し入れに隠しておいた金子を空き巣狙いとやらもうす輩《やから》に盗まれたらしい」

圭之助は無念そうに唇を噛みしめた。

「おや、それはまた、とんだ災難でございましたな」

「さいわい、巾着《きんちゃく》の小銭は無事であったが、いろいろと出費がかさんでのう」

「はい、それはもう、江戸はなんにつけても銭が入り用になりますするからな」

「うむ。なにせ江戸は沢庵《たくあん》一本、葱《ねぎ》一把《わ》買うにも銭がかかる。国元の田舎とはおちがいじゃ」

「はいはい。それはもう、銭がないのは首がないのとおなじともうしますからな」

「ううむ……しかも、内職で銭を稼いでもなかなか追いつかぬ」

圭之助は太い溜息をついた。

「なんとも侍というのは、いざ禄を離れてしまうとつぶしがきかぬものじゃ」

「は、はい……」

徳治郎は相槌《あいづち》を打とうにも打ちようがなく、無言でうなずくしかなかった。

「そこで、やむをえず脇差しを手放すことにしたのだが……」

「よろしゅうございます。そういうことなら、せいぜい勉強して値踏みさせていただきましょう」

「よしなに頼みいる。大刀のほうが値は張ると思うが……貧したとはいえ、腰が軽くなりすぎると寂しいうえ、大刀は妻の父上からいただいた品ゆえ手放すわけにはいかぬ」

「ええ、ええ、それはそうでございましょうとも……」

徳治郎は帳場から腰をあげ、丁稚《でっち》に茶を出すように言いつけた。

「もし、お買い戻しになりたいときはいつでも遠慮なくお越しくださいまし……また、お腰が軽くなりすぎましては何かとご不自由でしょうから、安物でよろしければ代わりの脇差しもご用意させていただきますよ」

「さ、さようか……それはありがたい」

圭之助は如才《じょさい》のない徳治郎の応対に気がやわらいだらしい。

「なにはともあれ、品物を見てもらおう」

黒鞘《くろさや》の脇差しを腰からはずし、徳治郎に手渡した。

徳治郎は作法どおり口に懐紙《かいし》をくわえると鞘から脇差しの刀身を抜き放って行灯《あんどん》の灯りにかざし、鍔元《つばもと》から鋒《きっさき》まで入念に眺めてから、柄《つか》から刀身をはずし銘を確かめると、目の前に佇《たたず》んでいる浪人者を見やって、ゆっくりとうなずいた。

「刃こぼれもなく、曇りひとつございませんな。日頃、お手入れなさっていることがわかります。よくつんだ板目肌《いためはだ》の鍛《きたえ》に匂い口が深い。南紀重國の作でございますね」

「いかにも、わが家伝来の品にござる」

南紀重國は大和手掻派《やまとてがいは》の刀工で、慶長《けいちょう》年間に駿河の府中《ふちゅう》に移り住み、家康に召し抱えられ、元和《げんな》五年（一六一九）、藩祖の徳川頼宣《とくがわよりのぶ》に従い紀州《きしゅう》に移り住んで六十石の禄で藩の抱《かかえ》刀工になった人物である。

「たしかに重國の作刀にちがいないと拝見いたしました」

徳治郎はうなずきながら、ちらりと浪人の顔を目ですくいあげた。

「ただ南紀物は紀州ではともかく、江戸では当節さほど人気はございませんので、その、お値段のほうもお望みどおりというわけにはまいりませんが……」

番頭は算盤《そろばん》を手にすると、無造作に指で珠《たま》をはじいた。

圭之助はその手元を縋《すが》るような目つきで食い入るように見つめていた。

「ま、せいぜい、ご勉強しても買値《かいね》は五両というところでございますな」

「ご、五両……」

圭之助は呻《うめ》き声をあげた。

「なにかのまちがいではないのか。その脇差しは先祖から伝えられ、長年家宝にしてきた差し料でござるぞ」

「なるほど、なるほど……」

番頭は商人らしく、いちおうは客の言い分にもっともらしくうなずいてみせた。

「たしかにお手入れもちゃんとなされてきたことは拝見すればわかりますが、それとこれとは、また別のことでしてな。手前どもがお引き取りするとなれば、さしずめ五両が目一杯のところ……」

番頭は丁重な言辞《げんじ》とは裏腹に、冷ややかな目で浪人者の顔をすくいあげるように見た。

「なにせ、当節は刀剣より三味線《しゃみせん》のほうが高値がつくというご時世でございましてな」

「しゃ、三味線……」

圭之助は首をしめられかけた軍鶏《しゃも》のような絶望的な声をふりしぼった。

「お待ちなさい、番頭さん……」

帳場のうしろにある座敷の襖《ふすま》をあけて、白髪の老人が姿を見せた。

「これは、旦那《だんな》さま……」

「お武家さまにとって腰の物は命もおなじこと、それを三味線とくらべては身も蓋《ふた》もありませんよ」

「は、はい……」

どうやら、老人は［蓬萊屋］の主人らしい。

「ご事情は向こうでうかがっておりました。お武家さまが腰の物を手放されるのはよほどのことでございましょう。できるだけの勉強をさせていただきますよ」

「そ、それはかたじけない」

圭之助は地獄で仏に出会ったような顔になった。

二

そのころ、［鳥源］を出た平蔵と伝八郎は広小路を大川《おおかわ》のほうに向かって歩いていた。ほろ酔いの肌を川風で冷ましてから家に帰ろうという寸法だ。

半弦の月がほのかに路上を照らしている。

「どうだ。近頃、こっちのほうは……」

伝八郎は小指をたてて平蔵を目ですくいあげた。

「きさまのことだ。まさか篠どの一本槍ということはなかろう」

にやりとした。黒紋付きの単衣物《ひとえもの》に小倉袴をつけ、黒足袋に雪駄《せったば》履きという剣道場の師範代らしい風体をしているが、いうことはいたってみみっちい。

「なにせ、きさまは手が早いからの。どこぞの色年増《いろどしま》に往診を頼まれて、せんせい、お口よごしにおひとつどうぞと酒をすすめられたあげく、あれやこれやいううちに声が低くなり、なぁんてことにならんともかぎらん」

伝八郎の勘繰《かんぐ》りには多分におのれの願望が含まれている。

「そもそも篠どのにしてからが、きさまの患者になったのがはじまりだろうが」

「だから、なんだ……」

「しらばくれるな。医者の前じゃ、どんなおなごでもいいなり、いうなれば俎板《まないた》のうえの鯉《こい》。帯紐《おびひも》も解けば、腰巻もひらいて胸も腹も見せよう。なんとも羨《うらや》ましい稼業よ」

「ちっ、そんなさもしい根性で医者が務まると思っているあたりが、きさまの度し難いところよ」

「ようういうわ。縫どのにしても、篠どのにしても、きさまの手伝いをしているうちにモノにしたんだろうが。なにせ、おなごに帯紐解かすのは、きさまの得意技だからの」

独り合点で勝手にきめこんで伝八郎がうそぶいたとき、浅草寺の鐘が四つ（午後十時）を打つのが聞こえてきた。

広小路の商店も大半が大戸をおろして寝静まっている。

露地には赤提灯《あかちょうちん》の灯が見えるが、大通りには餌《えさ》を探しまわる野良犬と酔っぱらいの千鳥足《ちどりあし》が見えるぐらいのものだ。

蔵前《くらまえ》通りに曲がる角の柳の木の下に［八卦易断《はっけえきだん》］の行灯の灯りがポツンと闇のなかに点《とも》っている。

二尺（約六十センチ）ぐらいの粗末な机を置いて筮竹《ぜいちく》を手にした二本差しの浪人者が、腰かけがわりの空き樽《だる》に腰をおろし、腕組みしたまま机に並べた算木《さんぎ》を難しい顔つきで睨《にら》んでいた。

その貧にやつれた風貌に見覚えがあった。

「うむ……」

平蔵は思わず足をとめて歩み寄った。

「お手前、もしやして岩井平内《いわいへいない》どのではござらんか……」

「お、これは神谷先生……」

大道易者は目を瞠《みは》ると空き樽から急いで腰を起こし、丁重に頭をさげた。

岩井平内はかつて平蔵が千駄木を焼け出される前、団子坂下の長屋で筆耕《ひっこう》の内職をしながら長患《ながわずら》いの多江《たえ》という妻を養っていた浪人者である。

「かようなところでお目にかかるとは、いや、お恥ずかしいかぎりでござる」

「なんの、占いも立派な稼業、なにひとつ恥じられることなどありませんぞ。あいにく手前も焼け出されてしまい、往診にもいけずじまいで気になっておりましたが、その後、ご新造《しんぞ》はいかがですかな」

岩井平内の妻女《さいじょ》の多江の病いは労咳《ろうがい》（肺結核）だが、まだ二十歳《はたち》代と年も若いし体力もあるから、療養次第では完治する見込みは充分にあると平蔵は看《み》ていた。

「は、ご投薬のおかげで食欲も出てまいりまして、滋養になるものを食させましたところ顔色もよくなり、いまは床あげして家事もすこしはできるようになっております る」

「おお、それはなにより。あの病いには気力と滋養がなによりの妙薬でござる。まだ、ご新造はお若いゆえ、すこしは躰を動かされたほうがよろしかろう」

かたわらから伝八郎がでかい顔をつんだして割り込んできた。

「おい、神谷。どうやらきさまの知人のようだな……」

「ああ、昨年、千駄木にいたとき、ご新造を診察したことがあってな」

「おお、つまりは稼業のお得意さまというわけか……」

「いえいえ、滅相《めっそう》もござらぬ。わざわざ先生に往診していただいたにもかかわらず、恥ずかしながら診察料も薬代もお支払いせぬままで……」

岩井平内は急いで懐《ふところ》から巾着をとりだし、一朱銀を差し出した。

「これは些少《さしょう》ながら、あのときのホンの足し前にお受け取りください」

「いや、それはいただくわけにはまいらぬ。ご新造の病いが完治されたときまでお預けしておきましょう」

平蔵は平内の手をおしもどした。

「それにしても、かようなところで易者をなされているとはおどろきましたな」

「いや、下谷の滝蔵《たきぞう》というおひとに、それがしは筆耕より易者のほうが向いているとすすめられましてな」

「ははぁ……」

そういえば団子坂下の長屋に岩井平内の妻女を往診したとき、部屋の隅に腰の物といっしょに筮竹や紫檀《したん》の算木など易断に使う品がおかれていたことを思い出した。

「なるほど下谷の親分の肝煎《きもい》りでしたか」

滝蔵は下谷ではいっぱしの顔で、火消しの［る組］の頭《かしら》でもある。

「はい。浅草は夜になっても賑《にぎ》わいが絶えませんので易断をもとめるお人も多く、滝蔵どのには易断の客まで世話していただいて筆耕の内職より実入りが多く、助かっておりまする」

「なるほど、なにせ滝蔵は見かけによらず、面倒見のいい男ですからな」

平蔵がうなずいたとき、ぶら提灯を手に当の滝蔵がやってきた。背中に「る」の字を染め抜いた印半纏《しるしばんてん》をひっかけた若い衆を二人したがえている。

「おお、こりゃ団子坂の先生じゃねえですかい」

「おう、ひさしぶりだな。滝蔵親分」

「ちっ、その親分てのは勘弁してくだせぇよ。先生にそう呼ばれるとケツの穴がむずむずしてきまさぁ」

うしろから伝八郎が顔をつんだしした。

「よう、下谷の親分。子分を二人もしたがえて、ずいぶんと羽振りがよさそうだの」

「うへっ、こりゃ小網町の先生……」

滝蔵はすっぽんみたいに首をひょいとすくめて頭をかいた。

「なぁに、あっしらは火の用心の夜回りをしてるだけでして……」

「なるほど親分は火消しの頭だからな」

「なにせ、江戸はいつ赤馬《あかうま》が暴れるかわかりゃしませんからね。このあたりまで足をのばして夜回りしていますんで、へい」

赤馬とは火事のことで、厄介《やっかい》なことに江戸の名物のひとつに数えられている。

滝蔵は若い衆をふりかえり、顎《あご》をしゃくってみせた。

「おい。おめぇたちも、ご挨拶しろい。このお二人はな。公方《くぼう》さまの危ないところを救って瓦版《かわらばん》にもなったほどの剣術の達人だぞ」

「いい加減にしろよ、滝蔵。古い話を蒸《む》し返しては、せっかくの酔いがさめてしまうというものだ。なぁ、伝八郎」

「そうよ。下手《へた》なよいしょをしても一文にもならん」

伝八郎、巨軀をぶるっと身震いさせ、口をひんまげた。

西の空から湧き出した黒雲がむくむくとひろがり、半弦の月を隠しはじめている。

どうやら一雨きそうな空模様だった。

三

——四半刻（三十分）後。

平蔵と伝八郎は岩井平内ともども滝蔵に誘われるままに八幡宮《はちまんぐう》近くの小料理屋［あづま］の小部屋で盃をかわしていた。

この店の女将《おかみ》は小鶴《こづる》といって、三年前までは深川《ふかがわ》で左褄《ひだりづま》をとっていた売れっ子の芸者だったという。

年は小三十というところだが、水気たっぷりの年増で、一重瞼《ひとえまぶた》の目尻がきりっと切れあがっているところが小鶴を勝ち気な女に見せている。

すこし受け口になった唇に愛嬌《あいきょう》があり、見た目は細身だが、腿から尻にかけてのむちりとした肉づきは女の盛りにみちみちていて男ごころをそそる。

「旦那がたのお噂《うわさ》は滝蔵親分からようくうかがっておりましたわ」

小鶴は徳利を手に平蔵ににじりよると、酌《しゃく》をしながら婀娜《あだ》っぽい目をすくいあげた。

「ふふ、どうせ野暮な噂ばかりだろう。話半分に聞き流してくれ」

「おい、女将。そいつはおなごに手が早いくせに、すぐにポイしちゃ乗りかえるような薄情者だからな」

すぐさま伝八郎が横槍をいれて、ぬかりなく売り込みにかかった。

「その点おれは情に厚いし、惚《ほ》れたら一途《いちず》のまっしぐらの男だぞ」

「あら、ま……頼もしいこと」

小鶴は如才なく伝八郎にも徳利を差し出して、お愛想をふりまいた。

「どうぞ、ご贔屓《ひいき》に……まっしぐらの矢部さま」

「おいおい、それじゃ何やら猪《いのしし》みたいに聞こえるだろうが」

「あら、惚れたらまっしぐらの亥年《いどし》のように見えますけれど」

「と〜んでもない。おれは天空をかけのぼる竜王の辰年《たつどし》生まれよ」

「ま、勇ましいこと……あたしは大蛇《おろち》の巳年《みどし》生まれですから、好いた殿御には巻きついたら最後、金輪際《こんりんざい》はなれませんの」

「ほう……女将は巳年の生まれか」

平蔵、思わず目を細め、まじまじと小鶴を見つめた。

「巳年のおなごは怖いからな」

「おや、旦那。どうやら巳年生まれのおなごをご存じのようですね」

「まぁ、な……」

目をしばたたいて口を濁《にご》した。平蔵とは何度となく死地をともにした女忍のおもんも、たしか巳年生まれである。

「ははぁ、さてはお品《しな》どのか、それとも縫どのか、まさか波津どのではあるまいな」

伝八郎が詮索がましく横槍をいれてきた。

「ちっ、きさまはまたぞろ、よけいな口を挟みよって……」

「いいではないか、きさまのおなご遍歴は天下に隠れもない事実だからのう」

小鶴は切れ長の目を瞠った。

「あら、神谷さまはずいぶんとおなごを渡り歩いていらっしゃったようですね」

小鶴はつと手をのばし、平蔵の腿をぎゅっとつねりあげた。

「憎いおひと……」

「へへへ、なにせ、神谷の旦那はおなごにもてやすからね」

滝蔵までがしゃしゃり出てきた。

「こら、よけいなことをいうな……」

平蔵は滝蔵を睨みつけておいて岩井平内に目を向けた。

「それはそうと岩井どの。さきほどは客もいないのに一人で占筮《せんぜい》をたてておられたようだが、だれの運勢を占っておられたのかな」

「いや、ちと、手前の運気を診《み》ておりましたまでで……」

「ほう……で、運気はなんと出ました」

「さよう……何度卦を立てても、［澤天夬《たくてんかい》］。この卦は易学によると自分ひとりで動こうとせず、信じられる仲間とともに動くべきだが、それを聞く耳をもたぬ愚かさを戒《いまし》めているのです」

「ほう。だから滝蔵のすすめに従って大道易者をする気になられたのですな」

「さよう。ま、本筮《ほんぜい》ではなく大道で簡素にやる略筮《りゃくぜい》ですが、それによると、臀《しり》に膚《はだえ》なし、羊を牽《ひ》けば悔《く》い亡《ほろ》ぶ……」

「ふうむ、ようわからんが、悔い亡ぶとは何やら穏やかではなさそうだのう」

伝八郎が眉根を寄せた。

「さよう。つまりはひらたくもうすと、迷いに迷い、臀の皮がむけてしまい、座ろうにも落ち着いて座れないという易断でござる。しかし、もともと易の吉凶は紙一重でしてな」

岩井平内はにこやかに微笑した。

「ひとの運気は光と影、陰陽相なかばする男女のようなものでござる」

「ほう……光と影ですか」

かねてから易学に関心があった平蔵は膝をおしすすめた。

「さよう。今はどうやら月に雲がかかりかけているようですが、暗雲も時がたてば晴れるように、厚意あるひとの言に耳を傾ければ、道はおのずからひらけるということでもありますゆえ」

「なるほど、滝蔵親分は見かけは悪いが善意のかたまりのような男ですからな。耳を傾けるに足る人物ですぞ」

「せ、せんせい……見かけは悪いはねぇでしょう」

滝蔵が口を尖《とが》らせた。

「いやいや、神谷どののおっしゃるとおり滝蔵どのは信じるに足りるおひとです」

平内はおおきくうなずいた。

「おかげで今のところ昼間は妻とともに過ごし、夕方から夜中までここで稼いで、なんとか暮らしを立てられておりまする」

「それはよかった。つまりは岩井どのが滝蔵親分のいうことを信じられたからだ」

平蔵は深ぶかとうなずいた。

「まぁ、八卦もあたるものなんですね。あたしも診ていただこうかしら……」

小鶴が徳利を手に平内ににじりよるように膝をおしすすめた。

「いやいや、こうして酒を飲んでいて易をたてるわけにはいかぬ。素面《しらふ》のときに診てさしあげよう」

岩井平内は生真面目《きまじめ》な気性らしく、まぶしそうな目で小鶴を見返した。

岩井平内は盃に四、五杯の酒で、すでに頬を赤く染めている。

平内の妻女の多江は白く透きとおるような肌をした美人だったが、労咳で男女の営みは控えたほうがいい。

男盛りの壮健で、労咳の妻をかかえている岩井平内は、酒はおろか、長らく妻女の肌身にもふれることも、控えて過ごしているのだろう。

その気遣《きづか》いの年月を思うと、平蔵はそぞろ胸が痛んだ。

第六章　雇われ刺客

一

――さすがは江都《こうと》でも知れた老舗《しにせ》の主人だけのことはあるな……。

鳥越橋《とりごえばし》を渡り、八幡宮のほうに向かいながら成宮圭之助の顔が笑みほころびた。

懐中には十三両の小判と一分銀が八枚、締めて十五両の大金が入っている。

なんと［蓬莱屋］の主人、仁左衛門《じんざえもん》は番頭の付け値の三倍の高値で南紀重國を買い取ってくれたばかりか、無銘ながら手入れのよく行き届いた脇差しを代わりの差し料にと提供してくれたのだ。

仁左衛門は紀州藩にもつながりがあるから南紀重國なら買い手の目途《めど》があるということだったが、それにしても太っ腹だと圭之助は思う。

さすがは江戸で聞こえた大店《おおだな》の主人だけのことはある。

由乃とともに手に手をとって脱藩したときは迷わず江戸に向かった。険《けわ》しい山岳にかこまれた貧しい山間《やまあい》の土地に生まれ育った者にとって、江戸はだれしもが憧《あこが》れる街だった。

江戸に出さえすれば、何かいいことがありそうな気にさせてくれる街でもあったのだ。

縁者や知人がいるわけでもなかったが、なんとかなるだろうと思っていた。懐中には由乃の父の平岡源右衛門が餞別《せんべつ》にくれた八十五両もの大金と、圭之助の組長屋にあった有り金の三両に小銭をあわせれば、江戸でも五、六年は食うに困るようなことはないだろう。

そのあいだに、なんとか生計をたてられるような仕事を見つけようという腹づもりをしていた。

源右衛門の助言にしたがい、江戸に出てくるとすぐに浅草の禅念寺の住職をしている宗源を訪ねて源右衛門の文《ふみ》を見せた。

宗源和尚《おしょう》は文を読むなり、こころよく二人を受け入れてくれた。

だが、空き巣に有り金を盗まれ、新妻の由乃はその心労のせいもあって風邪をこじらせて、寝込んでしまった。

さいわい風邪はたいしたことはなく、ようやく回復したが、圭之助の筆耕《ひっこう》の筆もはかどらず、医薬の代金の払いにも窮していたところだった。

宗源和尚に金の心配までかけるわけにはいかないから、重國の脇差しを手放すことにしたのである。

いくら物価の高い江戸でも月に三両もあればなんとかなるだろう。

その間、筆耕に精を出せば手放した重國を買い戻すことができるかも知れない。

これまで生計の苦労などしたことがなかった由乃は、江戸に出てから気丈《きじょう》に振る舞ってはいるものの、こころなしか面《おも》やつれして頬の肉も薄くなったような気がする。

——早く帰って、由乃を安心させてやらねばな……。

御蔵前にさしかかったころ、半弦の月が雲間に隠れ、雷鳴が轟《とどろ》きはじめた。

通りの片側は空き地が三丁あまりもつづいていて、街路樹の葉が鬱蒼《うっそう》と生い茂り、まるで幽霊でも出そうに暗くなってきた。

圭之助はすこし足を早めた。

そのとき、黒々とした街路樹の木立の陰から覆面《ふくめん》をした数人の侍が手に手に白刃《はくじん》を抜きつれて駆けだしてくると、行く手を遮《さえぎ》るように立ちふさがった。

「きさまらは何者だっ！」

圭之助は素早く雪駄《せった》を脱ぎ捨て、足袋跣《たびはだし》になると義父の餞別である越前守助弘の大刀の柄《つか》に手をかけて叱咤《しった》した。

「ただの辻斬《つじぎ》りか、それとも金品目当ての強盗かっ！」

「ほざくなっ！　きさまは藩公の上意に背いて脱藩した罪人と聞いておる。脱藩者は斬り捨て御免が天下御免の定法だ！」

いずれも水無月藩の藩士ではなく、どうやら江戸藩邸から金で雇われた無頼の浪人者のようだ。

圭之助はすぐさま刀を抜き合わせた。

「おれは無慈悲な藩主を見かぎって藩を捨てたまでだ。天地神明に誓って恥じるところはない！」

「脱藩者がなにをほざくかっ」

怒号とともに一人の黒覆面が白刃をふりかざし、刃唸《はうな》りのするような剛剣を上段から斬りおろしてきた。

とっさに圭之助は鍔元《つばもと》で受け止め跳ね返しざま、たたらを踏んだ浪人者の太腿を斬り払った。

圭之助が得意とする切り返しの剣がきまって刺客は太腿をざくりと斬り裂かれ、つんのめるように路上に膝をついた。

「こ、こやつ……」

「おい！　こやつ、たしか無外流の遣《つか》い手と聞いたぞ」

一団は怯《ひる》んだらしく、一旦どどっと後退したものの、ふたたび鋒《きっさき》をそろえてじりじりっと包囲の輪をちぢめてきた。

多勢を相手にしたときは、まず背後を固めるのが肝要である。

圭之助はすぐさま御蔵前空き地の路傍《ろぼう》におおきく枝を広げている欅《けやき》の老樹を背にして刺客の群れを迎え撃った。

一瞬、凄《すさ》まじい雷鳴が天地をゆるがしたと思う間もなく、驟雨《しゅうう》が沛然《はいぜん》と路上を濡らしはじめた。

二

神谷平蔵が矢部伝八郎や岩井平内とともに［あづま］で借りてきた傘をさしながら、蔵前通りに出てきたときである。

ふいに雨幕を引き裂いて稲妻《いなずま》がたてつづけに走り、あとを追うように雷鳴が轟いた。

一瞬、白昼《はくちゅう》のように明るくなった蔵前通りに、欅の大木を背に刀を青眼《せいがん》に構えた一人の侍を数人の黒覆面の侍が白刃を抜きつれ、とりかこんでいる光景が見えた。

「おい、ありゃなんだ……」

伝八郎が酔眼《すいがん》を凝《こ》らしたとき、暗夜のなかで白刃と白刃が嚙みあい、火花を散らした。

「ただの喧嘩《けんか》じゃなさそうですな」

岩井平内が眉をひそめたとき、伝八郎が傘を投げ出すなり雪駄を脱ぎ捨て、袴《はかま》の股立《ももだち》ちをつかむと猛然と駆けだした。

「きさまらっ！　夜半に白刃をふりまわすとは何事かっ！」

平蔵は手早く着流しの裾《すそ》をたくしあげると帯の下に挟みこみ、足袋跣になって、吹き降りの驟雨のなかを手綱《たづな》の切れた奔馬《ほんば》のように突っ走る伝八郎のあとを追いつつ舌打ちした。

「あいつ……」

一瞥《いちべつ》して、ただの辻斬りや強盗でないことは明らかだった。

侍同士が斬り合うにはそれなりのわけがあるはずである。

伝八郎がそれを確かめもせず、騎虎《きこ》の勢いで渦中に飛び込むのを危惧《きぐ》したから
だが、この驟雨のなかでは平蔵の声も届かない。

襲撃者の一人が駆けつけてきた伝八郎をふりむきざま、怒号した。

「お手出し無用！　こやつは脱藩者だ！」

「なにぃ……」

平蔵は思わず平内と顔を見合わせたが、伝八郎はにべもなく一喝《いっかつ》した。

「なにをぬかすかっ！　わけはどうあれ、たった一人に多勢で斬りかかるのを見
逃すわけにはいかんっ」

平蔵が後を追って駆けつけたとき、伝八郎はすでに剣を抜いて斬り合いのなか
に飛び込んでいた。

「伝八郎！　あとが面倒だ。むやみと斬るなよ」

「おお、神谷。それぐらいのことはわかっておるわ！」

伝八郎は猛然と敵の刃《やいば》を巻きあげざま、刃を返して峰打ちに叩き伏せた。

もはや止めようがない。しかも相手は多勢である。さらに、いずれも黒覆面を

しているというのは、何か表沙汰《おもてざた》にしたくないための闇討ちと相場はきまっている。

そのとき、岩井平内が白刃を手に無言で斬り込んでいくのが見えた。

「岩井どの！」

おどろいて平蔵が制止しようとしたが、その瞬間、岩井平内が黒覆面の一人を凄まじい袈裟《けさ》懸《が》けの一太刀で斬り伏せるのが見えた。

「神谷どの。それがしも武士の端くれでござる。ご懸念は無用！」

岩井平内は目に笑みを滲《にじ》ませ、ふたたび浪人者に立ち向かっていった。

そこには貧にやつれた大道易者の面影は微塵《みじん》もなかった。

その間に伝八郎は水を得た魚のように豪剣をふるい、一人の黒覆面を肩口からザクリと斬り割った。

それを横目に見て平蔵は刀の鯉口《こいぐち》を切ると、御蔵前広場に聳《そび》える欅の大木を背に孤軍奮闘している若者のそばに駆け寄った。

「どなたかは知らんが、ご助勢いたす！」

「かたじけない！」

そのとき若者が一人の覆面を斬り捨てた途端に足をぬかるみにすべらせ体勢を

崩した。襲撃者の刃をかわし損ねて太腿に手傷を負い、よろめいた。

また稲妻が闇を引き裂いて閃光《せんこう》が煌《きら》めき、雷鳴が轟きわたった。

平蔵が手負いの若者をかばいながら腰のソボロ助広《すけひろ》を抜き放ったとき、襲撃者の頭分《かしらぶん》らしい上背のある黒覆面が平蔵の前に立ちはだかった。

腰を低く落とし、刀を右八双《みぎはっそう》に構えた男を見て、平蔵は相手が容易ならざる遣い手であることを感じた。

八双は守りより攻めを主眼にした構えで、腕に自信がないととれないものだ。

しかも、黒覆面の鋒はぴたりときまっていて、微塵のブレも見られない。

平蔵は若者をかばいつつ、ひたと青眼に構え、鋒を鶺鴒《せきれい》の尾羽のように鋭く震わせて誘い水をかけた。

「ほう。貴公、できるな」

八双の構えから鋭い眼光を向けながら、ぼそりとつぶやいた。

「無外流か……いや、鐘捲流の匂いもする」

草鞋《わらじ》の爪先をじりじりと右に移動させながら、かすかにうなずいた。

「さっき相棒がきさまを神谷とか呼んだようだ。たしか、江戸には佐治一竿斎の秘蔵っ子で神谷平蔵というのがいると聞いたが、どうやら、きさまがそうらしいな」

黒覆面はおおきくうなずくと、片手で覆面をむしりとり素顔をさらした。

眉毛が太く、いかつい角顔をしている。獅子鼻《ししばな》の脇におおきな黒子《ほくろ》があった。

「それがしは因州浪人佐川七郎太《いんしゅうろうにんさがわしちろうた》ともうす。甲源一刀流《こうげんいっとうりゅう》を少々遣うが鐘捲流と立ち合うのは初めてよ」

「因州者が、なにゆえの狼藉《ろうぜき》だ！　しかも、たった一人を徒党を組んで襲うとは卑怯《ひきょう》ではないか」

「ふふふ、なに、そやつに恨みがあるわけではないが、このところ、ちと懐中不如意《ふにょい》でな」

「ははぁ、金で刺客を頼まれたか」

「ま、そういうことだが、今は銭金はどうでもよい」

佐川七郎太の面貌に闘志が漲《みなぎ》った。

「さ、来い！　神谷平蔵」

佐川七郎太は右八双の構えのまま、じりじりと右へ右へと廻りこんできた。

甲源一刀流独特の構えで、この八双の構えから袈裟懸けに斬りおろし、その鋒が反転し、胴を狙い撥《は》ねあげてくるはずだ。

平蔵はソボロ助広を下段に構え、相手の動きにあわせて右へ足先を移しつつ、初太刀を待った。

「先生！」

仲間の一人が白刃を手に、横合いから助太刀に入ろうとした。

「よさんかっ！　きさまの手に負える相手じゃない」

佐川七郎太が叱咤したとき、ふいに稲妻が閃《ひらめ》き、あたりが白昼のように明るくなった。

その瞬間、佐川七郎太は八双の構えから刃唸りのするような剛剣を袈裟懸けにたたきつけてきた。

とっさに平蔵は腰を沈めて刃をかわすと、鋒をすくいあげて佐川七郎太の剛剣を摺《す》りあげざま巻きあげた。

ガッと刃と刃が二匹の白蛇《はくじゃ》のようにからみあい、鏘然《しょうぜん》と嚙みあった。その瞬間、佐川七郎太の剣がビシッと乾いた音を立て、物打ちのあたりでへし折れた。

「うっ！」

佐川七郎太が素早く跳びすさり、脇差しの柄に手をかけた。

「待たれよ。佐川どの」

平蔵は手で押しとどめた。

「どうやら、貴公は雇われ刺客。こっちも行きずりで助太刀を買って出ただけのこと、おたがいここで無理に斬り合わねばならん筋合いはなかろう。そっちが退かれたら事なくすむと思うが」

ふたたび稲妻が頭上で弾け、あたりを真昼のように照らしだした。

雷鳴が腸《はらわた》をゆさぶるように響きわたったとき、御用提灯《ごようぢょうちん》がいくつか闇のなかを飛ぶように近づいてくるのが見えた。

「よかろう。この勝負、またということにしてもらおうか」

佐川七郎太はさっぱりした気性の男らしく、折れた刀を無造作に路上に投げ出した。

「貴公の言い分、おおいに気にいった。また会いたいものだ」

にやりとして残った覆面の男たちに片手をあげると、一味はいっせいに闇のなかに溶けるように消えていった。

間もなく駆けつけてきたのは平蔵とは昵懇《じっこん》である北町奉行所定町廻《じょうまちまわ》り同心の斧田晋吾《おのだしんご》と岡っ引きの常吉《つねきち》だった。

そのあとから、滝蔵親分が組子《くみこ》をしたがえて駆けつけてきた。

「おう。なんだ、なんだ……またぞろ火種は神谷どのに、矢部どのか」

「おい。またぞろとはなんだ」

平蔵はまくりあげていた着物の裾をおろしながら嚙みついた。

「こっちはほろ酔い気分のところを刃物三昧《ざんまい》に出くわしただけだぞ。疫病神《やくびょうがみ》あつかいしてもらいたくないな」

「それにしても、よくよく物騒な事件にでくわすものだな」

「それは嫌みか」

「わかった、わかった。そう、とんがらかるな」

斧田と常吉はすぐさま残された曲者《くせもの》の屍体を検分にかかった。

襲われた若い浪人は欅の老樹に寄りかかり、手傷を負った左の太腿の傷口を手拭《てぬぐ》いで縛ろうとしていたが、平蔵が歩み寄ると丁重に頭をさげて名乗った。

「手前は成宮圭之助ともうす者にござる。危ういところを助勢していただいて命拾いをいたしました」

「成宮どのともうされると、禅念寺にご妻女《さいじょ》と仮住まいしておられる御浪人かな」

「は……」

「いやいや、ご懸念は無用になされ。それがしは本願寺裏に住まいする神谷平蔵ともうす町医者でござる」

「あ……それでは、先日、妻の往診をしていただいた」

成宮圭之助はいきなり片膝ついて、深ぶかと頭をさげた。

「早速、ご挨拶にうかがうべきところ、あいにく手元不如意のため遅くなってもうしわけございませぬ」

「なんの、宗源禅師から往診料はいただきましたゆえ、ご懸念にはおよびませぬ」

三

圭之助が左の太腿に負った傷口は四寸（約十二センチ）余、鋭利な鋒だったため傷口は綺麗だったが、早く縫合しておいたほうが治癒《ちゆ》も早い。

滝蔵の手配で「あづま」の女将の小鶴に頼み、奥の小部屋を都合してもらった。

油紙を敷きつめた上に圭之助を寝かせた平蔵は、手早く焼酎《しょうちゅう》を傷口に流しこんで洗浄したあと、巾着《きんちゃく》にいれて所持していた鉤針《かぎばり》と釣り糸で入念に縫合した。

釣り糸は細くても強いし、傷口が癒着《ゆちゃく》したあと抜き取るにも手間がかからない。

女将の小鶴は深夜にもかかわらず住み込みの女中たちを起こして、きびきびと油紙や包帯を手配し、平蔵が傷口を縫合する介添えをしてくれた。

傷は鋒が左の太腿を斜《はす》に掠《かす》めていて、深さは一寸弱あったがさいわい骨にまでは届いていなかった。

縫合しているあいだにも傷口から鮮血が滲んでくる。

女中たちは鉤針を刺すのを見ていられず顔を背けたが、小鶴は眉をひそめることもなく気丈に介添えし、滲みだす鮮血を布で拭き取りつづけた。

平蔵は縫合をすませると、化膿《かのう》止めの膏薬《こうやく》を塗りつけた布を傷口にあてがい、油紙を巻きつけて晒《さら》しで包帯した。

小鶴が用意してくれた小盥《こだらい》の湯で手を洗いながら、平蔵は圭之助にほほえみかけた。

「今夜はすこし熱がでるかも知れぬが、さいわい傷口に泥はついておらなんだゆえ、化膿する気遣いはありますまい」

「なにから、なにまでご配慮をいただいてもうしわけございませぬ」

圭之助は懐中から財布をとりだし、平蔵に差し出した。

「ここに先刻、瓦町の［蓬莱屋］で脇差しを売却した金子《きんす》がござる。些少《さしょう》ながら、このなかから皆様がたへの御礼をさしあげてくださらんか……」

「なに、脇差しを……」

「はい。南紀重國の作刀で先祖伝来の品でしたが、恥ずかしながら暮らしに窮し、十五両で売却したばかりでござる」

「ほう、南紀重國といえば大和手掻派の名工、駿河《するが》文殊《もんじゅ》と謳《うた》われた包國《かねくに》の末裔《まつえい》ではござらんか。それをたったの十五両とは［蓬莱屋］も阿漕《あこぎ》なことを……」

かたわらから伝八郎がいきまいた。

「ちっ、ちっ！　さては足元を見て値切りよったな。あの武具屋め！　早速、明日にもおれがねじこんできてやる」

「お待ちください。はじめ番頭は五両と値踏みしたのを店主が親切にも十五両も出してくだされたのです。それがしには過分の金額でしたゆえ、満足しておりまする」

圭之助は困惑気味に弁明したが、伝八郎の憤慨をさらに煽《あお》った。

「それにしても十五両とは、あの古狸《ふるだぬき》め。ようもぬけぬけと足元につけこみおったな」

伝八郎は口から泡を吹かんばかりに吠えたてた。

「よせよせ、伝八郎。商人というのは相手を見て算盤《そろばん》をはじくものよ。文句をいってもはじまらん」

平蔵は苦笑いして伝八郎をなだめた。

「あの［蓬萊屋］の仁左衛門なら、おれがよく知っておる。あの爺さんが十五両の値付けをしたとあれば、まず売値は三十両は堅いと踏んだにちがいない」

「三十両……」

圭之助はおどろいたように目を瞠《みは》った。

「成宮どの。古物商というのは仕入れ値の倍や三倍の売値でさばけなくては商いになりませぬ。なかには思惑がはずれて何年も店に寝かす品もでてまいりますからな」

「は、たしかに……」

圭之助は神妙に納得したが、伝八郎は釈然としないようすで口をとんがらかした。

「ちっ！　神谷もどうやら薬九層倍《くすりくそうばい》の医者稼業が身についてきたらしいの」

「なにをぬかす。薬問屋と医者をいっしょにするな。おれのほうは薬を安く出しすぎると篠に文句をつけられているんだぞ。古物商といっしょにされてたまるか」

伝八郎をひと睨《にら》みしてから、財布を圭之助の手元に押しもどした。

「ともあれ、この金子はおもどししておきましょう」

「は……しかし」

「なに、この店の迷惑料はともあれ、われらは深夜、多勢をもって凶刃をふるう不逞《ふてい》の輩《やから》を追い払ったまでのこと、さらさらお気遣いにはおよびませんぞ」

「ちょっと神谷さま。迷惑料などといわれては心外ですわ」

小鶴がぴしゃりと平蔵の背中をひっぱたいて、睨みつけた。

「この御蔵前は［あづま］の店先のようなものですよ。そこで刀をふりまわすような物騒な連中を追い払ってくださったんですもの、わたくしのほうからお礼をもうしあげこそすれ、迷惑料などとんでもございません」

「ははは、わかったわかった。成宮どの、ま、いまはよけいな斟酌《しんしゃく》はご無用になされ」

「なにからなにまでお世話にあいなり、御礼のもうしようもございませぬ」

圭之助は腰を折って深ぶかと頭をさげた。

いくら縫合したとはいえ、今夜は禅念寺まで歩いて帰宅させるわけにはいかない。

滝蔵に頼んで禅念寺にいる病床の由乃にいきさつを告げ、明日には帰宅する旨《むね》を伝えるとともに、篠にも事の次第を知らせてもらうことにした。

「ところで、成宮どの。あの覆面の輩はどうやら雇われ浪人のようだったが、なにゆえ狙われたか心当たりはござるか。なにやら脱藩とか叫んでおったが」

「は……」

圭之助はしばし沈黙したが、すぐにきっぱりとうなずいた。

「それがしは水無月藩の郷方《ごうかた》同心の軽輩でござったが、妻の由乃は郡奉行《こおりぶぎょう》の娘で、それがしとは秋に祝言《しゅうげん》をあげることになっておりました……」

圭之助は由乃とともに水無月藩を脱藩するにいたったいきさつを平蔵たちに包み隠さず語った。

四

圭之助に鎮痛薬をあたえて明朝までゆっくり眠るようにいいおいてから、小鶴が別室に用意してくれた清めの膳につくなり、伝八郎は眉尻をはねあげた。

「それにしても祝言を前にした家臣の娘を側女《そばめ》に差し出せとは、なんとも呆《あき》れ果てた藩主だの。おれが水無月藩士なら、そんな藩主は問答無用でたたっ斬ってやる！」

「ふふ、ま、そういきりたつな。そんな藩主は掃いて捨てるほどいるさ」

平蔵の言に岩井平内も深ぶかとうなずいて同意した。

「それがしが仕えていた元藩主は並みはずれた癇癖《かんぺき》でしてな。側小姓《そばこしょう》が粗相《そそう》でもしようものなら脇息《きょうそく》や茶碗を投げつけるなどは日常茶飯事、馬で遠乗りしたおり立ち寄った庄屋で接待に出た娘を手込めにしようとして逆らったのに腹を立て、足首に縄をかけて馬で引きずりまわしたりしましたからな」

眉根に皺《しわ》を刻んで暗然とつぶやいた。

「家臣が下手《へた》に諫言《かんげん》などしようものなら、むろんのこと切腹どころか家名断絶、一族追放ものでござった」

「ほう。そのとばっちりで岩井どのは浪人なされたのか」

「いや、手前は書院番《しょいんばん》をしておりましたが、殿が可愛がっておられた犬に嚙みつかれましてな。思わず殴りつけたのを咎《とが》められ、二十五石の禄を召し上げられて、七石二人扶持《ぶち》に減俸されたうえ足軽も同然の水番役《みずばんやく》に落とされました」

「ははぁ、家臣より犬のほうが大事ということですな」

「さよう……こんな藩主に仕えていても甲斐《かい》がないと侍奉公に愛想をつかして脱

藩し、浪人いたした次第でござる」

岩井平内はホロ苦い目になった。

「はじめは討っ手がかかるかと思いましたが、藩では厄介払《やっかいばら》いができたとでも思っているらしく、いまだにそれらしき者は現れませぬ」

「ははぁ、厄介払いですか」

「さよう。七石二人扶持の軽輩など藩にとっては虫けらも同然、目糞鼻糞《めくそはなくそ》のようなものでござろう」

「では、ご新造《しんぞ》は浪人なされたあとに……」

「いかにも。江戸にまいって最初に住みついた長屋にいた年輩の浪人の娘でしてな。近所づきあいで親しくしているうちに、その父御《ちちご》が急な病いで身罷《みまか》りまして……」

「なるほど、それで娘御の身を託されたということですか……」

「さよう。とはいえ内職するよりほかはない浪人暮らしでは食うのがやっとというなかで、妻は心労のあげく病いに臥《ふ》せる身になった次第にござる」

「ふうむ……どうやら、おれなどは婿《むこい》入りして扶持取りの身になっていたら、切腹か打ち首はまちがいなしだろうな」

伝八郎が唸るのを聞いて、平蔵は一笑に付した。

「馬鹿をいえ。きさまのようなやつを婿に取ってくれる家などありはせぬよ」

「なにをいうか！　おれも、かつては勘定勝手《かって》方《かた》組頭の娘婿に是非にと望まれたことがあったろうが。それも紺屋小町《こうやこまち》と評判の美形だったぞ」

「ちっ！　なにが紺屋小町だ。きさまより五つか六つも年上のくせに役者狂いしておった色好みのおなごだろうが」

「ちっ！　それをいうな。それを……」

「ま、よいではないか。そもそも、きさまは婿養子という柄じゃなし、勘定方の算盤侍なんぞ、一日とて勤まりはせんさ」

「う、うむ……まぁ、な」

「おれとてもおなじよ。いくら食い扶持に困ることはないといっても、顔も気立てもわからん家付き娘の婿になる気はなし、ましてや裃《かみしも》つけての城勤めなどとても長つづきはしなかったろうよ」

「そうよ。きさまが裃つけてさようしからばごもっともと上役のご機嫌とりなどできるはずはなかろう」

「ふふふ、まず、出仕初日に上役に嚙みついて首になるか、同役をぶん殴って御役御免のうえ謹慎蟄居《ちつきょ》になるだろうな」

「ま、おれたちは今の暮らしが分相応ということか」

「うむ……それにしても、岩井どのが立てられた［澤天夬］とやらいう易断はどんぴしゃりでしたな」

「ン？　ああ、あの臀《しり》がむずむずするとやらいうやつか……」

「バカ。むずむずとはなんだ。たしか、臀に膚《はだえ》なし、羊を牽《ひ》けば悔い亡ぶ……とかもうされたな」

「ほう、よう覚えておられましたな」

岩井平内は静かに盃を口に運びながら微笑した。

「たしかに思いもよらぬ事件に遭遇したという点ではあたっておりましたが、信じるに足りる人びとともに動いて災いを逃れましたゆえ、もはや悪い運気は拭い去ったのではありますまいか」

「ううむ、暗雲も時がたてば晴れる……ですかな」

「さよう……運気は刻々と変わるものですからな」

岩井平内は目尻に笑みを浮かべた。

「神谷どのにめぐりあったおかげで、どうやら悪い運気を拭い去ることができたようです」

五

しばらくしてから、岩井平内は病床の妻が案じているからと断って帰宅していった。

「しかし、ひとは見かけによらんものだな」

小鶴に送られて玄関に向かう平内の瘦身《そうしん》を見送って伝八郎が声をひそめた。

「あの貧相な易者どの、なかなかの遣い手だぞ。梶派一刀流《かじはいっとうりゅう》だそうだが、どこの道場にはいってもまず門弟筆頭はまちがいないの」

「いや、あのおひとは昼間はご新造のそばにいて掃除や買い物はもちろん水仕事までしてやりたいのよ」

「ふうむ。そんな愛妻家なのか……」

「ああ、あのおひとなら、おのれは粗衣粗食に甘んじても、ご新造には滋養のあるものを食わせたいという口だろうな」

「ははぁ、差し料が魚や卵に化けるという口か」

伝八郎は憮然とした。

「たまらんのう……」

「それはそうとして、今夜の襲撃に水無月藩の息がかかっているとなれば、このままではすむまい。禅念寺の僧坊にいては、とても防ぎきれまいよ」

「ううむ……どうだ、神谷。きさまの兄者《あにじゃ》に頼んで駿河台の屋敷にかくまってやるというわけにはいかんのか。公儀目付の屋敷とあれば水無月藩など手も足も出せんだろう」

「それはそうだが、なにせ兄上は無類の堅物だからな。いくら相手が三万五千石の小藩とはいえ、藩主の上意に背いて脱藩した駆け落ち者をかくまうようなことはまちがってもせんだろうよ」

「ううむ。しかし、われわれとしても乗りかかった舟だ。おまけに非道は明らかに藩主のほうにある。みすみす見捨てるわけにはいかんぞ、神谷」

ぐいと盃の酒を飲み干すと、伝八郎はポンと膝をたたいて身を乗りだした。

「いっそのこと、井手さんに話して道場にかくまうというのはどうだね。うちには門弟どもがわんさといる。滅多に手出しはできなかろうて……」

「そいつは無理だ。昼間はともかく、夜ともなれば井手さんも門弟も帰宅して道場もガラガラポンだろうが。おまけにきさまはともかく育代どのや子たちもいる。危ない目にはあわせられん」

「う、ううむ……」

「なぁおい、検校屋敷という手はどうだ」

「なに……」

「あの屋敷には笹倉新八という屈強の遣い手もいるし、怪力無双の大嶽《おおだけ》もいる。屋敷は土塀で囲まれているうえ、検校どのにはわれわれとしてもちょいとした貸しもある」

「おお、その手があったか……」

気負いかけた伝八郎の顔が、ふとためらい気味になった。

「しかし、あのとき検校どのからは多分に礼金ももらっちょるし、きさまなどは今の住まいをタダで借りておる身だぞ。検校どのにしてみれば、貸し借りなしのチャラというところではないかの」

「人の気持ちというのはそうサバサバと割り切れるものじゃなかろう。人には情というものがある。笹倉新八は情に厚い男だし、あたってみる手はあると思うがな」

「う、うむ……たしかにな」

「むろん、こっちも下駄を預けっぱなしというわけにはいかん。当分はおれとおまえは日替わりで用心棒に出向かずばなるまいが……」

「おう、なんなら門弟のなかで腕のたつのに声をかけてもいいぞ」

「いや、それはまずい。これは、おれとおまえが行きがかりでかかわった喧嘩の後始末みたいなものだ。それに門弟を巻き込んで万一のことがあれば親御にもうしわけがたたんし、道場の看板にもさしさわる」

「よし、わかった。なんの、きさまとおれが組めば怖いものなしよ」

伝八郎、ぐびりと盃をあおり、どんと胸をたたいた。

「ただし、検校どのとの掛け合いはきさまに頼むぞ。おりゃ、爺さまを口説《くど》くのは苦手だからの」

「ふふふ、爺さまはちょいと臀を撫《な》でるというわけにはいかんからな」

「ちっ……それをいうな、それを」

そこへ小鶴が冷やし素麵《そうめん》を運んできた。

「裏の井戸水で素麵を冷やしてまいりましたがいかがですか」

「おう、冷やし素麵か……こいつはたまらんのう」

途端に伝八郎の顔が笑み崩れた。

「おい、おまえはそろそろ帰ったほうがいいんじゃないか。あまり遅いと育代どのから嚙みつかれるぞ」

「う、うむ……」

素麵をずるっとすすりこみながら伝八郎は踏ん切りの悪い生返事をした。

「きさまはどうなんだ。篠どのが角を生やしておるんじゃないのか」

「なにをいうか。滝蔵からいきさつは聞いておろう。怪我人をここに預けっぱなしで帰るわけにはいかんぐらいのことは医者の女房ならわかっておろう」

平蔵はにべもなく一蹴《いっしゅう》した。

「ま、女将には迷惑をかけるが朝までようすを見て、容態が落ち着いたら駕籠《かご》を呼んで禅念寺に送りとどけるつもりだ」

「迷惑だなんて滅相《めっそう》もない。あたしも江戸っ子のはしくれですよ。朝まで神谷さまのお相手をさせていただきますわ」

小鶴はポンと胸をたたいてみせた。

「う、ううむ。神谷はええのう。ものわかりのいい女房をもって……おれもつきあいたいが、朝帰りとなると育代になにをいわれるか知れんからなぁ」

「ふふ、きさまは日頃の行状《ぎょうじょう》が悪いから信用がないのよ」

「ちっ、なにをぬかすか。きさまは要領がいいだけのことだろうが……」

ぼやきながらも伝八郎は素麺をたいらげると、しぶしぶ重い腰をあげた。

六

篠は由乃の額に濡れた手拭いをあててほほえみかけた。

「ご主人のことは心配なさらずにゆっくりおやすみなされませ。神谷がおそばについておりますから大丈夫ですよ」

「もうしわけありませぬ。いろいろとご親切にしていただいて……」

由乃は消え入るような声で涙ぐんだ。

「わたくしさえいなければ、圭之助さまも危ない目になどあわずにすんだはずだと思うと……わたくし」

由乃は粗末な夜着に顔をおしつけ、嗚咽《おえつ》の声をもらした。

「いけませんよ。そんなふうにお考えになっては……」

篠は由乃の背中を撫でさすりながら、声を励ました。

「きっと、由乃さまはご主人にとっては命とつりかえにしてもお守りしたい大事なおひとなのですよ」

篠は優しく諭《さと》しながら、この妹のような年頃の由乃が父のもとを離れ、許婚《いいなずけ》と手に手をとって国境の険峻《しゅんけん》を越え、人目を避けながら江戸にたどりついてきた苦難の道のりを思いやった。

宗源禅師に聞いたところによると、二人は芝居の一座にかくまわれて、ようやく江戸にはいることができたらしい。

駆け落ち者のうえ脱藩者となれば藩からの討っ手に追われる身である。

その道のりが、どれほど過酷なものだったかは想像にあまりある。

宗源禅師によると、由乃の父親は水無月藩で郡奉行を務めていたという。

おそらく幼いころから何不自由なく過ごしてきた武家の息女だったのだろう。

それが、いまは僧坊の茅屋《ぼうおく》で煎餅布団《せんべいぶとん》にくるまって病いに臥す身となっているのだ。

しかも、たったひとつの頼みの綱である夫が刺客の刃に傷ついて見知らぬ料理屋にかくまわれ、手傷に呻吟《しんぎん》していると聞けば、すぐにも飛んでゆきたいにちがいない。

それすら叶《かな》わない我が身を思うと、いたたまれぬ焦燥感《しょうそうかん》に苛《さいな》まれているのだろう。

篠が見たところによると、重い病いではなく重なる心労が積もり積もって由乃の身をむしばんでいるようだった。

滝蔵の伝言を聞いて、篠はすぐさま身支度をして禅念寺に駆けつけた。

明日になれば、平蔵は負傷した成宮圭之助に付き添って禅念寺に来るという。

それまでは、せめて由乃に付き添っていてやりたいと思った。

伝言を聞いたとき、由乃はいたたまれずに起きあがろうとしたが、足がふらついて倒れこみ、吐瀉《としゃ》してしまった。

汚物は薄い粥《かゆ》のようなものだったが、かすかに血がまじっていた。

——哀れな……。

篠に手を預けながらまどろみかけた、由乃の透きとおるように白い顔を見つめ、篠は過酷な定めに生きる若い女の心中を思いやって、胸がつまるような痛ましさを覚えた。

禅念寺の裏山で梟《ふくろう》の雄《おす》の啼《な》く声が妙にうら哀しく聞こえてきた。

第七章　君　命

一

――夕刻。

水無月藩境の西南にある峠《とうげ》の関所に一人の侍がさしかかった。

編笠をかぶり裁着袴《たつつけばかま》に手甲脚絆《てっこうきゃはん》、草鞋履《わらじば》きという、旅塵《りょじん》にまみれた旅の浪人者らしい風体であった。

月代《さかやき》は綺麗に剃《そ》りあげられ、髷《まげ》もきちんとしていたが、武芸で鍛えあげられた筋骨逞《たくま》しい武士であった。

どこの藩でも身分不明の浪人者はみだりに関所を通さないのが不文律《ふぶんりつ》になっている。

たちまち数人の関所役人が行く手に立ちふさがった。

「何者か！」

「何処《いずこ》へ参る！」

「それがしは当藩馬廻組《うままわりぐみ》に在籍していた鉢谷甚之介《はちやじんのすけ》にござる」

侍は編笠をとると、懐中から道中手形に添えて一通の封書をとりだした。

「これは側用人《そばようにん》三沢主膳殿よりいただいた文《ふみ》にござる。四年前から殿の御下命により諸国行脚《あんぎゃ》を許されておりましたが、こたび殿より至急帰国せよとのお達しが参り、急ぎ立ち戻ってまいった次第にござる」

「お！　こ、これは……」

横柄《おうへい》だった関所役人の態度が一変した。

「鉢谷さま、御帰国のことはお城よりの通達でうかがっております。さ、さ、どうぞ通られよ」

「できれば水を一杯、馳走《ちそう》していただけまいか……」

「かしこまりました」

さっきまで厳《いか》めしかった関所役人の顔が畏敬《いけい》の念に一変していた。

鉢谷甚之介は国元で郷方与力をしていたが、十八歳のとき藩士が通うタイ捨流の道場で師範の山岡伴内《ばんない》から剣才を認められて門弟筆頭になった。

城下には無外流の畑中道場もあったが、鉢谷甚之介はタイ捨流という東国では数少ない流派に惹《ひ》かれて山岡道場を選んだのである。

タイ捨流は肥《ひ》後《ご》の戦国大名相良《さがら》家《け》の家臣だった丸目蔵人佐《まるめくらんどのすけ》を始祖とする流派である。

丸目蔵人佐は柳生但馬守宗巌《やぎゅうたじまのかみむねよし》とともに新陰流《しんかげりゅう》四天王のひとりで、十九歳のとき上泉伊勢守信綱《かみいずみいせのかみのぶつな》のもとに入門し、足利《あしかが》将軍義輝《よしてる》の兵法上覧のもとめに応じ、師の相手を務めるまでになった。

師の信綱が没したのち、我執妄念《がしゅうもうねん》を捨て去ることを一義として「タイ捨流」を名乗り流派をひろめるようになった。

タイ捨流は摩利支天経《まりしてんきょう》を唱える密教の影響を受けているともいわれ、その刀法は肉を斬《き》らせて骨を断つ、捨て身を極意とする凄《すさ》まじい剣法だという。

山岡道場の門弟筆頭になった鉢谷甚之介は、毎年恒例の城内の御前試合で十人の藩士を相手に一本も取らせず勝ち抜き、翌年、先君から馬廻組に抜擢《ばってき》されたのである。

きわめて異例の昇進であったが、一芸に秀《ひい》でた者は思い切って重用する先君の方針に沿った抜擢であった。

郷方役人は日々藩内の田畑山林をまわるのが日課になっているが、馬廻組の出仕は二日に一度ですむため、あとは武芸鍛錬に励むことができる。さらなる剣技の習得に励むようにという先君の配慮でもあった。

鉢谷甚之介は二十一歳のとき、山岡伴内からタイ捨流の極意を授かり、藩内随一の遣《つか》い手とだれもが認めるようになった。

その一年後、先君が病没し、宗勝が藩主の座についた。

翌年、鉢谷甚之介は師の山岡伴内の肝煎《きもい》りで寺社奉行の要職にある安藤采女正《あんどううねめのしょう》の長女だった芙美《ふみ》を妻に娶《めと》ったのである。

芙美は芳紀《ほうき》十七歳、甚之介より六つ年下だったが、藩重役の娘という奢《おご》りもなく、夫婦仲はいたって睦《むつ》まじいものだった。

ところが、そのころ山岡伴内は甚之介の天賦《てんぷ》の剣才にさらに磨きをかけるには諸国を廻国して他流派の遣い手と立ち合わせるしかないと、宗勝に願い出たのである。

そのころ、名君といわれた先代の跡を継いで藩主となったものの、重臣たちを掌握しきれず焦《あせ》っていた宗勝は「いずれ藩の御為になる剣士となりましょう」といった山岡伴内の言葉に動かされて許可したのである。

――もしやして、手飼いの刺客が必要となるやも知れぬ……。

そんな思惑があったからである。

二

鉢谷甚之介は月明かりが小窓からさしこむ湯殿でひさしぶりに我が家の風呂に浸かっていた。

湯殿の角の棚においてある火皿の灯心がほのかな明かりを投げかけている。

先刻、組頭《くみがしら》に帰郷の報告をすませたあと四年ぶりに帰宅し、妻の芙美が留守中に出産した娘の梢《こずえ》と初対面したばかりであった。

旅立ったとき、芙美が懐妊していたことは知らなかったが、出産したことは文で知っていた。

名付け親は義父の安藤采女正だと聞いている。

梢は今年で三歳になるが、膝に抱いてやるとおとなしくはしているものの、甚之介とは初対面だけになかなか急には馴染《なじ》もうとしなかった。

――無理もない……。

とは思うものの、いささか寂しい気もしないではなかった。

犬や猫でもなつかせるには餌《えさ》をあたえてやって数日はかかる。

——思えば子不孝な父親よ。

湯舟に浸かりながら苦笑いをもらしたとき湯殿の戸があいて、裾《すそ》からげした芙美が手拭《てぬぐ》いを腕にかけてはいってきた。

「おまえさま、もう焚《た》き口の火は落としてしまいましたが、湯加減はいかがでございますか……」

「旅先で使う湯にくらべれば我が家の湯は格別のものじゃ。旅の疲れもふっとんだわ。……梢はもう寝ついたか」

「ええ、もう、はやばやと……」

芙美は手燭《てしょく》の灯りをそっと吹き消すと、棚の上に置いた。

「お躰をお流しいたしましょうか……」

「おお、そなたに背中を流してもらうのはひさしぶりだの」

甚之介はざんぶと湯舟から立ちあがると、洗い場に出て簀《す》の子《こ》の腰かけにどっかと腰をおろし、芙美に背中を向けた。

大身の武家屋敷では妻が夫とともに風呂にはいるということはない。

しかし、郷方廻りをしていた鉢谷家では父が帰宅して風呂にはいるたび、母が父の背中を丹念に洗い流していたということを、芙美は婚する前に甚之介から聞いていた。

寺社奉行という藩重職にある芙美の屋敷では父母が親しく会話をすることもなく、食事もともにすることはなかった。

ましてや母が父とともに風呂場にはいるということなどありえなかった。

だが、甚之介の両親は日頃からともに食事をし、楽しげに談笑し、父が母の肩を揉《も》みほぐしたりしていると聞いていた。

しかも、琴《こと》の稽古《けいこ》を通じて親しくなった郡奉行平岡源右衛門の娘の由乃の許婚《いいなずけ》である成宮圭之助の家も郷方役人だったので、鉢谷家とおなじような暮らしぶりだったという。

芙美は堅苦しい両親を見ていると、鉢谷家や成宮家のような暮らしこそがほんとうの人の暮らしのような気がしてならなかった。

母は芙美が婚する二年前に病没し、甚之介の両親も早くにあいついで亡くなっていた。

甚之介の妻となった芙美は女中に命じて甚之介と食事をともにし、酒の酌《しゃく》をしたり、夫の背中を流すようになった。

はじめのうちはすこしぎこちなかったものの、日がたつにつれ、これこそがほんとうの夫婦というものだと確信するようになった。

甚之介が君命により剣術修行の旅に出て間もなく、懐妊していることがわかったが生家にはもどらず、みずから望んで鉢谷家で出産したのである。

生家の父は不快だったようだが、仲人でもあり甚之介の剣の師でもある山岡伴内は、芙美の覚悟を見事なものよと支持してくれた。

旅立つ前より見違えるように逞しくなった夫の背中を洗い流しながらも、芙美の胸中には夫の突然の帰郷を素直には喜べない一抹《いちまつ》の不安が駆け巡っていた。

それはむろんのこと、親しくしていた由乃にふりかかった信じられない異変である。

そのことと今度の夫の慌ただしい帰郷が、何かかかわりがあるような気がしてならなかったからである。

「おまえさま……」

いいさして芙美は口ごもった。

「どうした。さきほどから顔色が曇りがちのような気がしていたが、わしに何かいいたいことでもあるのではないか」

甚之介は躰をひねって芙美のほうに向き直ると、芙美の両手をむんずとつかみしめた。

「そなたらしくもないぞ。遠慮なくもうせ」

棚の灯心がゆらいでチリチリとかすかな音をたてた。

「は、はい……」

芙美はひたと夫の顔を見つめて、しぼりだすように重い口をひらいた。

「由乃さまが、圭之助さまとともに脱藩なされたことをご存じですか」

「うむ……やはり、そのことか」

甚之介の顔にかすかな苦渋《くじゅう》の色が走った。

「圭之助も思い切ったことをしてくれたものだの」

「でも、お城では由乃さまの父上の平岡さまが二人の脱藩にかかわっておられたと見て、平岡さまは閉門のうえ蟄居《ちっきょ》謹慎を命じられたと里の父から聞きました」

「うむ……山岡先生から耳にしたところによると、殿は切腹を命じようとなされたそうだが、郡代の高坂将監さまと筆頭家老の筒井《つつい》さまが平岡さまは水無月藩の農政にとってなくてはならぬ柱石《ちゅうせき》ゆえ、このことが公儀に知れればお咎《とが》めは必定と諫言《かんげん》なされたため、殿もやむをえず思いとどまれたと聞いた」

「ええ、里の父ももとはといえば殿が由乃さまをご奉公に差し出すよう無理強いなされたからだともうしておりました」

「うむ……それにしても圭之助との婚儀がきまっておった由乃どのを側女《そばめ》に差し出せともうされては、平岡さまのような剛腹《ごうふく》なおひととしては承伏《しょうふく》しかねたのも無理はなかろう」

甚之介の双眸《そうぼう》に暗い翳《かげ》りが宿った。

「おまえさま。もしやしてこたびのご帰国は、そのこととかかわりがあるのではございませぬか」

「うむ……」

一瞬、甚之介の面貌に苦渋が走った。

「里の父に聞いたところによりますれば、殿は上意討ちの討っ手に……おまえさまを呼び戻されたのではないかともうしておりました」

「………」

「もとはといえば殿の理不尽《りふじん》が招いたことだということは藩のだれもがご承知のはず。まさか、おまえさまが討っ手をお引き受けになるようなことはないと思っておりますが……」

「芙美……」

甚之介はカッと双眸を見ひらくと、腕をのばして芙美を抱き寄せた。

「その先はもうすな」

「え……」

「わしは水無月藩から禄をいただいてきた一介の藩士じゃ。御一門や御重役ならともかく、殿の理《り》、非理《ひり》を糺《ただ》す立場にはない。万が一、上意討ちのご沙汰《さた》があれば水無月藩士として従うよりあるまいよ」

「おまえさま……」

「もとより圭之助とわしは竹馬《ちくば》の友、道場こそちがえ、長年の友誼《ゆうぎ》には微塵《みじん》のゆるぎもない。そなたと由乃どのとの親しい仲もよう知っておる」

「…………」

「古来より、君、君たらずといえども、臣、臣たれという。私情を差し挟む余地はないのが侍というものだ。それくらいのことは圭之助もわかってくれよう。しかも、上意に背けば鉢谷家はもとよりのこと、そなたの父上にも累《るい》が及ぶことになるは必定……」

甚之介の一語一語には万感の思いがこもっていた。

「よいか、芙美。流派こそ違え、圭之助とて藩中一、二を争うといわれた剣士じゃ。刃《やいば》を合わせればどちらが生き残るかわからん」

芙美は目をすくいあげて、ひしと甚之介を見あげた。

三

水無月城の曲輪《くるわ》はおおきくわけて政務を司る一ノ曲輪と、藩主が日常のくつろぎに使う二ノ曲輪に分かれている。

二ノ曲輪には形ばかりの内室の居館があるが、内室は江戸の中屋敷にいるため、今は一部が世子《せいし》の住まいに使われている。

先代藩主は風流を好み、二ノ曲輪で茶会や俳諧《はいかい》の席をもうけてくつろいだそうだが、現藩主の宗勝は風流のかわりに女色を満たすために二ノ曲輪に数棟の局《つぼね》を造らせ、それぞれに側女を住まわせた。

それぞれの局は渡り廊下でつながっていて、宗勝はその日の気の向くままに廊下を渡って側女のもとに足を運んでは夜伽《よとぎ》をさせるのを日課にしていた。

そのことから藩士は二ノ曲輪をひそかに御褥《おしとね》御殿と呼んでいた。

宗勝は三十五歳の壮年で、精気も盛んだったから、気が向けば日に何人もの側女のもとを訪れることもあった。

江戸屋敷にいる正室は十一年前に六万石の大名家から迎えたものの、骨もか細く肉も薄い、ひ弱な躰の姫御前であった。

ようやく世継ぎの男子を産んだものの、以来、宗勝との房事は避けるようになり、宗勝がいくら側女を迎えようが無関心だった。

宗勝も参勤交代で江戸の屋敷におもむいたときは正室のもとに顔を出していたが、きわめて儀礼的なもので、それも近頃では間遠になっている。

二ノ曲輪にいる側女のほとんどは家臣の娘や妹、藩出入りの商人が献じた女だったが、なかには家臣の妻だった女もいる。

賞味しつくした女は、独り身の家臣の昇進の見返りに拝領妻として下げ渡してきた。

宗勝は家臣はもとより領内に住まう者はすべて、おのれの所有物としか見ていなかったのである。

むろん、こうしたことはどの藩でも格別めずらしいことではなく、娘を奥女中として召し出されることは家の名誉でもあり、一族を招いて祝宴をひらいたものである。

ましてや殿のお手がついて子を身籠もることにでもなれば一族の繁栄にもつながることでもあった。

天下泰平の世では戦場に出るなどということもなく、当然のことながら出世の機会などは滅多にない。

先祖伝来の家禄を減らさず守りぬいて無事に子に引き継ぐことが、泰平の世の侍奉公というものだったのである。

四

——その日、宗勝は夕刻から藩の御用商人が献じた千恵《ちえ》という側女の臥所《ふしど》にいた。

千恵は商家の娘だけに武家育ちらしい堅苦しいところはなく、臥所でも奔放《ほんぽう》に振る舞うところが宗勝の気にいっていたのである。

どんな姿態でも拒《こば》まず、みずから足をからめて愛撫をもとめる。

隣室に女中がいても羞じらうことなく淫ら声をもらし、頂きに達すれば全身を震わせつつ喜悦の声をあげる。

生来が好色な女でみずから口取りもするし、獣の雌《めす》のように俯《うつぶ》せになり臀《しり》を高くかかげて宗勝を迎えいれたりもする。

千恵はどこに骨があるのかわからないほどしなやかな躰をしていて、羽二重《はぶたえ》のような艶《つや》やかな肌身は凝脂《ぎょうし》にみちている。

だが、それだけのことだった。

近年、宗勝は側女がしめす媚態《びたい》には飽き飽きしていたのである。

宗勝は我意が強いだけに貪欲《どんよく》であった。

いいなりになる女はどこにでもいる。艶やかな肌身をしている女もめずらしくはない。

牝鹿《めじか》のように敏捷《びんしょう》な四肢をもち、たやすくは意のままにならず、それでいて犯しがたい気品と美貌をもった女を屈服させたい。

その意に適《かな》う女と見たのが由乃であった。

――それを、ようもぬけぬけと余の意向に背いて駆け落ちなどと……断じて許せぬ！

身に一糸《いっし》もまとわず臥所に仰臥《ぎょうが》し、薄汗を滲《にじ》ませて四肢を宗勝に巻きつけながら嬌声《きょうせい》を口走っている千恵の細腰を抱え込みつつ、宗勝は歯噛みした。

——おのれ、あやつめ！　引っ捕らえて臥所にほうりだし、思うさま嬲《なぶ》ってやらずば気がすまぬわ！

上意に背いて許婚の家臣と駆け落ちし、脱藩までしてのけた由乃が許せなかったのである。

これまで、宗勝の意に背いた女はだれひとりいなかった。

たとえ家臣の妻といえども、召し出せば唯々《いい》諾々《だくだく》と従い、臥所に肌身をさらした。

領内を馬で遠乗りしたとき、川で水浴びしていた百姓娘の太腿の逞しさに目を奪われ、初穂《はつほ》を摘《つ》んだこともある。

しかし、宗勝は恐ろしく我意の強い藩主であったが、愚かではなかった。

この泰平の世では武威を誇示するような藩主は公儀から睨《にら》まれるし、藩士に武芸を奨励したところで禄高がふえるわけではなし、幕閣の要職につけるわけでもない。

浅野《あさの》浪人の吉良邸《きらてい》討ち入りは一時もてはやされもしたが、とどのつまり公儀は四十七人の浅野浪人を切腹させることでケリをつけた。

幕府は乱を好まず、勇武よりも凡庸《ぼんよう》な藩主のほうが無難と見ているのだ。

宗勝の父を名君だったという藩士もいるが、それで水無月藩の禄高が一石でもふえたわけではない。

藩主は藩政などという面倒なことは家臣にまかせ、花鳥風月を愛《め》でているのが無難なのだろうが、あいにく宗勝は生来、身体強健で血気盛んな気質で、風雅には無縁だった。十四、五のころから色欲だけは逞しく、湯殿の垢《あか》すり女中を手込めにしたり、奥女中を庭の四阿《あずまや》に呼びつけて否応《いやおう》なく犯したりしたこともある。

宗勝が藩主の座についてから側女にした女は二十人にあまる。ほとんどが生娘《きむすめ》だったが、なかには人妻もいた。

いずれにせよ食い物とおなじで、女体も時が過ぎれば飽きがくる。飽きれば家臣に拝領妻として下げ渡すか、奥女中として給金をあたえ、飼い殺しにすればよい。

むろん、ときおり苦言を呈する老臣もいたが、将軍家にしても大奥に三千人もの奥女中を抱えていることを思えば、たかが二十余人、なにほどのことがあると一蹴《いっしゅう》してきた。

――曹源公《そうげんこう》を見よ。七十人もの御子をもうけられたではないか……。

宗勝が口癖《くちぐせ》のように引き合いに出す曹源公とは、岡山藩《おかやまはん》三十一万五千石の二代目藩主池田《いけだ》綱政《つなまさ》のことである。

綱政は岡山城下に後楽園《こうらくえん》という天下に名高い庭園を造ったことで知られており、千姫《せんひめ》の孫だけに眉目秀麗《びもくしゅうれい》の貴公子ではあったが、無類の女好きで、生涯に七十人もの子を生ませたという精力絶倫の藩主である。

綱政の父の池田光政《みつまさ》は水戸《みと》の徳川光圀《みつくに》、会津《あいづ》の保科正之《ほしなまさゆき》、金沢《かなざわ》の前田《まえだ》綱紀《つなのり》とともに名君と謳《うた》われているが、疱瘡面《あばたづら》の醜夫《しゅうふ》で、そのためか女色には淡泊だったらしい。

いくら名君といわれたところで、おなごの味を知らぬでは男に生まれた甲斐《かい》がない。

宗勝も綱政とおなじく眉目秀麗の美男で、かつ身体強健、精力絶倫においては曹源公に匹敵《ひってき》すると自負している。

――禄高は岡山藩には遠く及ばないが、乗りこなしたおなごの数では曹源公を超えてみせてやる。

藩庫は豊かで藩政は老臣どもにまかせておけば事足りる。

その奢りが宗勝の色好みにさらなる拍車をかけているのである。

かたわらで千恵が白い肌着をまとっただけの素っ裸ですやすやと眠りこけている。

夕刻から一刻（二時間）余も宗勝に責めたてられたためか、薄汗の滲んだ肌着が太腿にまつわりついて股間の翳りが淡く透けて見える。

寝乱れた髪の毛がうなじから乳房にまでねっとりとからみついていた。

——こやつにもそろそろ飽きてきたわ……。

さて、だれに千恵を下げ渡そうかと思案していたとき、廊下で奥女中のひそかな声がした。

三沢主膳が庭園の四阿で拝謁《はいえつ》を願い出ているという。

二ノ曲輪の庭は家臣も出入り禁止になっているが、寵臣《ちょうしん》の三沢主膳だけは昼夜を問わず出入りを許されていた。

しかも、庭の蓮池《はすいけ》と渡り廊下でつながっている四阿で宗勝との面会をもとめるときは極秘の用向きがある場合にかぎられている。

宗勝は白い寝衣のうえから茶羽織を羽織っただけのくだけた姿で四阿に向かった。

庭の石灯籠《いしどうろう》の淡い火影《ほかげ》を踏みしめながら蛍《ほたる》が舞う渡り廊下の先に、檜《ひのき》の四方柱に茅葺《かやぶ》き屋根を乗せた四阿が池の中にひっそりと佇《たたず》んでいる。

宗勝の姿を見て、二人の侍が片膝をついて出迎えた。

一人は三沢主膳だったが、もう一人は裃《かみしも》をつけた見るからに屈強そうな侍であった。

「おお、そちは鉢谷甚之介ではないか」

「は……」

鉢谷甚之介は片手の拳《こぶし》をついて深ぶかと頭をさげた。

「長年にわたって手前勝手をお許しいただき、かたじけなく存じております る」

「よいよい、甚之介の剣は藩内随一と伴内が折り紙をつけておった。しかも、そちにはさらなる研鑽《けんさん》を積ませたいと申したゆえ、修行に出すことを許したまでじゃ」

「恐れ入ります る」

「こたび、どうあってもそちの剣が入り用になったゆえ、主膳に命じて呼び戻した。子細は知っておろうな」

「ははっ、さきほど三沢さまよりおうかがいいたしました」

「うむ。見事、果たした暁《あかつき》には禄高二百石を加増してとらせよう」

宗勝は見るからに筋骨逞しい鉢谷甚之介を見下ろして満足そうにうなずいた。

五

——深更。

鉢谷甚之介は中屋敷にある組長屋の一室で、行灯《あんどん》の火影に照らされた刀に打ち粉を叩いていた。

刀は先君から拝領した大和守安定《やまとのかみやすさだ》の業物《わざもの》だった。

安定は慶安《けいあん》年間の刀工で古来より切れ味随一と伝えられているが、甚之介はこれまで人を斬ったことは一度もない。

諸国の高名な剣術道場に入門し、研鑽を積んできたが、いずれも竹刀《しない》稽古か木刀での立ち合いで、真剣をとっての斬り合いではなかった。

旅の道中で無頼の輩《やから》に難癖をつけられたことは何度かあったが、いずれも真剣を抜くまでにはいたらなかった。

たとえ無頼の輩とはいえ、人を殺傷すれば役人が出張《でば》ってきて面倒なことになる。

役人の出方次第では足止めを食って取り調べを受けることになりかねない。

戦国の世ならともかく天下泰平の世では剣術修行などというものは下手《へた》をすると間諜《かんちょう》ではないかと、あらぬ疑いをかけられないともかぎらないからだ。

よほどの理由がないかぎり真剣勝負などというものは滅多にやれるものではなかった。

いつもながら、こうして抜き身の刃を手にしてみると、真剣というものは木刀などとはくらべものにならない重みがあるだけではなく、一振りで人の命を奪うものだという実感がずしりと伝わってくる。

――斬るか、斬られるか。

この、ふたつしかない絶体絶命の瀬戸際に立たされるのである。

しかも、相手は甚之介の無二の親友だった成宮圭之助なのだ。

果たして無心で斬り合うことができるのか……。

甚之介が大和守安定の刀身に問いかけつづけていると、襖《ふすま》をあけて妻の芙美が入ってきて、そっと夫のかたわらに座った。

婚したときは躰つきもほっそりして、どちらかというと細身だった芙美も、いまは二十一歳の女盛りを迎え、腰まわりや腿にも脂《あぶら》がみっしりとのっている。

「梢はもう寝ついたか……」

「はい……なにやら気が高ぶっていたらしく、すこし寝つけないようでしたが、さきほど……」

「そうか。わしは子不孝な父親だったが、ひとりでよう育ててくれたな」

「どうか、ご無事で……」

いいさして芙美は堪えかねたように、ふっと声をくぐもらせた。

「今日、里の父から耳にいたしましたが、相手は圭之助さまおひとりではないとか……」

「うむ……三沢さまからお聞きしたところによると、なんでも神谷平蔵とかもうす男が助太刀についているそうな」

「神谷平蔵……」

「ああ、なんでも鐘捲流の遣い手で、兄は公儀目付の要職にあるらしい」

「え……公儀の」

「うむ。なんでも先年、上様が江戸市中で刺客の一団に襲われたとき剣友とともに危難をお救いもうしあげ、一躍、江戸市中で評判になったそうだ」

「ま……」

「この神谷ともうす男、江戸五剣士の一人に数えられた佐治一竿斎どのの秘蔵弟子だったにもかかわらず、市井《しせい》にあって町医者をしているという変わり者らしい」

　甚之介は太い吐息をついた。

「しかも、この男は矢部伝八郎という鐘捲流の遣い手や、柘植杏平《つげきょうへい》とかもうす柳生流の達人とも親交があるらしい。ほかにも何人か神谷平蔵と身命をともにする仲間がいるようだ」

「それでは、今度も、また……」

「うむ。おそらく、な……」

　甚之介はゆっくりとうなずいた。

「いずれにせよ。相手は圭之助だけというわけにはいくまいよ」

　甚之介はかすかに吐息をついて大和守安定の刀身を見つめた。

　曇りひとつない刀身に映る甚之介の顔には、苦渋が色濃く滲んでいた。

「圭之助は、許婚の由乃どのの父上もかねてより畏敬もうしあげておった剛直の男だ」

「はい、里の父も藩にはかけがえのないおひとだと申しておりました」

「うむ……こたびの圭之助と由乃どのの脱藩のもとは殿の無慈悲な横車が発端じゃ。その圭之助の討っ手にわしが向かわねばならぬ」

「………」

「行くも地獄、かというて逆らうわけにもいかぬ茨《いばら》の道じゃ」

「おまえさま……」

「まこと、武士とは非情なものよのう」

「………」

芙美は返す言葉もなく、唇を震わせながら甚之介の背にひたと顔を埋めて、小刻みにわななないた。

～キイーッキチキチキチッ！

屋敷の庭の高木の梢で、深夜の闇を引き裂いて百舌《もず》が鋭い声で啼《な》いた。

六

――翌朝。

鉢谷甚之介は三沢主膳が選び出した十六人の刺客とともに城下を出立《しゅったつ》した。藩境を越えるころ、一行は目立たぬように三々五々に別れて一路江戸をめざした。

江戸藩邸でも、金で雇い入れた遣い手が何人もいるということだった。なかには伊賀者《いがもの》の落ち忍もまじっているという。落ち忍とは伊賀の里を追われた忍びの者で、金さえ出せば盗賊まがいのこともやるし、刺客も引き受ける外道《げどう》の輩である。

一行を指揮しているのは三沢主膳の懐《ふところがたな》刀でもある先手頭《さきてがしら》の臼井《うすい》孫十郎《まごじゅうろう》であった。

「よいか、われらの務めは成宮圭之助を討ち取り、由乃どのを水無月に連れ戻し、殿のお側に献じることだ」

臼井孫十郎はこともなげにうそぶいた。

「なんの、これだけの手練《てだ》れが揃っておれば、万が一にもし損じるはずはなかろうて……」

しかし、藩士たちの表情には暗く重いものがただよっていた。

すでに江戸藩邸が雇い入れた刺客が成宮圭之助を襲撃したものの、思いもよらぬ邪魔がはいって失敗したことがわかっていたからである。

成宮圭之助が城下の無外流道場で並ぶものなしと称されていた遣い手だということは知らぬ者はいない。

三年前、城内で催された御前試合で鮮やかに十人抜きを果たしたこともある。

そのときはタイ捨流の山岡道場で藩中随一といわれていた鉢谷甚之介が廻国修行のために不在だったこともあるが、だからといって成宮圭之助の剣才が、鉢谷甚之介より劣るということにはならない。

しかも、成宮圭之助が由乃とともに脱藩したとき、すぐさま討っ手として差し向けられた山岡道場の高弟五人が揃って手疵《てきず》を負い、みすみす藩境の外に逃がしてしまったことは記憶に新しい。

なによりも、成宮圭之助と由乃の脱藩が藩主の横車から出たものだということもわかっている。

討っ手に選ばれた藩士の胸中が暗いのもそのためだった。

しかも、成宮圭之助の助太刀をしたという神谷平蔵や矢部伝八郎は鐘捲流の遣い手で、ほかにも腕ききの仲間が何人もいるという。

——果たして無事に水無月に帰国できるだろうか……。

たとえ、成宮圭之助を討ち果たしたとしても、由乃がおとなしく水無月に帰国するかどうかもわからない。

しかし、名指しされたとあれば従わないわけにはいかないのが、長年藩から禄を食《は》んできた武士の定めでもあった。

第八章　縺《もつ》れた糸車

一

その日、平蔵は朝っぱらから担ぎこまれてくる患者の治療に追いまくられていた。

今朝、夜明け前に蛇骨長屋に火事が出て、焼け出された住人のなかに火傷《やけど》や怪我を負ったものが何人もいたため、それらが平蔵のもとにつぎつぎと担ぎこまれてきたのである。

軽傷のものは篠に応急手当てをさせておいて、骨折や釘を踏み抜いたものから平蔵が順次治療にあたった。

おかしなもので、女の患者はあまり騒がずに我慢しているのに、男の患者のほうがギャアギャアと口うるさく騒ぐのには呆《あき》れた。

あんまりうるさいので「だまれっ！　うるさいやつは治療してやらんぞ」と一《いっ》喝《かつ》してやったら、口をあんぐりあけてシーンと静まりかえった。

篠がそばにきて「おまえさま、気持ちはわかりますけれど、患者さんもお客のうちですよ」と耳打ちすると、尻をひとつ抓《つね》って澄まし顔でもどっていった。

――あいつめ、ますます商人《あきんど》の女房みたいな口をたたきやがって……。

舌打ちしたが、いまの一喝がきいたらしく、それまでうるさかった順番待ちの患者がおとなしくなったのも事実だった。

昼過ぎになり、ようやくひと息ついて二人で茶漬けをかきこんでいたとき、田《た》原町《わらまち》三丁目角の自身番から、腹を刺された男が担ぎこまれてきたという知らせがあった。

茶漬けを食いかけのままで、とりあえず刀を腰にたばさむと、篠が渡してくれた治療箱を手に番所に急いだ。

自身番の広さは九尺二間《くしゃくにけん》と決められていたが、じっさいには奥行きが三間以上のものもあって、大家が二人に書役《かきやく》が一人、それと店番二人が詰めるところが多かった。

しかし、ここの番所はお定まりの九尺二間しかなかった。

狭い玉砂利《たまじやり》の土間には真新しい血溜まりができていた。

奥の板の間には油紙が敷きつめられていて、そのうえに一人の若い男が血の気の失せた青い顔をしたまま腹をおさえてもがいていた。

「いてぇよう……いてぇよう」

呻《うめ》いているのは御店者《おたなもの》らしく紺《こん》の盲縞《めくらじま》の単衣物《ひとえもの》に前垂れをつけていた。

着物はむろんのこと、前垂れも血で真っ赤に染まっている。

この界隈《かいわい》の目明かしで花川戸《はなかわど》の太吉《たきち》という顔見知りの男が平蔵を見迎えた。

「すいません、先生。お手間をとらせやすがね。なんとか助かるかどうか診《み》てやっておくんなさい」

「傷口をあらためるあいだ、手足をおさえていてもらおうか」

「わかりやした」

太吉が土間のほうを顎《あご》でしゃくると、控えていた下っ引きらしい若者が二人、板の間に素早くあがってきて、もがいている怪我人の手足をおさえこんだ。

血だらけの着物を腹の上までまくりあげ、傷口を診ると鼠色《ねずみいろ》の腸《はらわた》がむくりと顔を出しかけている。

傷口は二寸あまりとさほどおおきくはなく、刃物は腹の肉を掠《かす》めただけで腸は傷ついていなかった。

平蔵は焼酎《しょうちゅう》で傷口を洗ってから腸を腹のなかに押しもどし、手早く鉤針《かぎばり》で縫合した。

「このぶんなら、まず心配することはないだろう。化膿《かのう》止めの薬を飲ませて寝かしておけば四、五日もすりゃ動けるようになるさ」

「そいつはありがてぇ。こいつは殺されてもいいようなやつだが、死んじまうとあの爺さんは人殺しになっちまうからな」

花川戸の太吉は土間の隅に縄をかけられている白髪の年寄りのほうをふりむいた。

「まったく、あの爺さんも思い切ったことをやらかしてくれたもんだぜ」

太吉は「いてぇよ、いてぇ」と呻いている御店者を見やって吐き捨てた。

「けっ、せいぜい苦しむがいいぜ。もし命が助かったとしても、おめぇは大店《おおだな》の婿《むこ》養子になるどころか、店からも阿房払《あほうばら》いにされるだろうよ」

「おい。それはどういうことだ」

平蔵が太吉を返り見た。

「この怪我人はなにかやらかしたのか」

「先生。お手間をかけたお礼といっちゃなんですが、ちょいとそこいらで蕎麦《そば》でもたぐりませんか」

太吉が目をしゃくってみせた。

「いいだろう……」

治療箱を手に腰をあげると、番所に詰めている町内の年寄が急いで近づいてきて平蔵に礼だといって紙包みを手渡した。

二

近くの蕎麦屋にはいると、太吉はすぐに笊《ざる》蕎麦と酒を注文した。

太吉の話によると、刺された若者は佐吉《さきち》といって「山形屋《やまがたや》」という呉服問屋で手代をしていたという。

客あしらいもうまく、商売上手なところを見込まれ、今年になって主人から一人娘の婿養子にならないかともちかけられた。

「ふうむ。そいつは玉の輿《こし》だな……いや、男だから逆玉《ぎやくたま》というところか」

「ところがどっこい、佐吉にはとうから言い交わした十九になるおみよという娘がいて、近く所帯をもって祖父と三人で暮らすことになっていたそうなんです」

おみよはなかなかの器量よしだが下町育ちだけに勝ち気な娘で、もし佐吉が別れ話など持ち出したら、その足で山形屋に駆け込んで婿入り話をぶちこわしかねない。

「そこで焦《あせ》った佐吉はときどき店に反物を仕入れにくる担《にな》い売りの友造《ともぞう》という男に酔ったはずみにポロリと悩みをもらしたんだが、それが運の尽きだったんでさ」

太吉は盃をぐいと飲み干して口をひんまげた。

「この友造って野郎はおもてづらは素っ堅気の小商人ですが、ちょくちょく賭場《とば》にも出入りしている小悪党でしてね」

「ははぁ、そのおみよという娘を脅して手を引かせようとでもしたのか」

「なんの、それくれぇのことならどうってこたぁなかったんですがね」

「いったい、なにをやらかしたんだね」

運ばれてきた笊蕎麦をたぐりながら、平蔵は眉をひそめた。

「友造の野郎は佐吉の名でおみよを水茶屋に呼びだし、仲間二人を誘っておみよを輪姦《まわし》にかけやがったんでさ」

「なにぃ……」

蕎麦をたぐっていた平蔵の箸《はし》が思わずとまった。

「そのことを佐吉も知っていたのか」

「いえ、まだそこまでは調べがついていませんがね」

「ふうむ……」

平蔵は険《けわ》しい目になった。

「おなごをよってたかってまわしにかけるなど下衆下郎《げすげろう》の仕業だ。島流しどころか獄門首《ごくもんくび》ものだぞ」

「いま手配してますんで、友造一味はすぐにもお縄にいたしやすがね」

「あの爺さんはおみよの身寄りか」

「へい……爺さんにとっちゃ、たったひとりの可愛い孫でしてね」

太吉は蕎麦をズルッとたぐりながら暗い目になった。

爺さんは喜平《きへい》といって、むかしは浅草の料理屋で板前をしていたが、六十を過ぎて思うように包丁が使えなくなったため、孫のおみよが本所《ほんじょ》の回向院前の串団《くしだん》子屋《ごや》で女中をしながら面倒をみていたらしい。

この二、三日、おみよのようすがおかしいと思った喜平はおみよを問いつめたあげく、友造たちに手込めにされたことがわかった。

しかも、うしろで佐吉が糸を引いていたことを友造が口にしたのだ。

喜平は孫娘の恨みを晴らそうと決心し、佐吉を殺そうとしたのだという。

佐吉が店の用で外に出たあとをつけて、自身番所の前で手拭《てぬぐ》いに包んでもってきた出刃包丁《でばぼうちょう》で刺そうとしたところ、佐吉ともみあいになったらしい。

しかし、六十年寄りだけに若い佐吉に手首をつかまれて刺しそこね、刃が腹を掠めただけで致命傷にはならなかったという。

「ふうむ。孫娘の仇討《かたきう》ちというわけか……」

平蔵、深ぶかとうなずいた。

「立派なもんだ。いまどきの武家よりずんと腹がすわっておる」

「ところで、先生……お気づきですかい。隅の席にいる二人連れの浪人者」

太吉が盃の酒をぐいと飲み干しながら首をのばして声をひそめた。

「うむ?」

平蔵がふりむこうとしかけたが、

「いや、そのまま、そのまま……」

目で押しとどめた。

「どうも店にはいってきたときから目つきが胡散臭《うさんくさ》い。もしかしたら、やつら、先生を付け狙ってやがるのかも知れませんぜ」

「なぁに、おれを狙ってるやつなら江戸には掃いて捨てるほどいる。いちいち気にしてはおられんよ。それより、あの喜平という爺さん、なんとか重いお咎《とが》めなしで孫娘のもとに帰してやりたいものだな」

「おっしゃるとおりでさ。なにせ、おみよにしてみりゃ爺さんはたったひとりの肉親でやすからねぇ。それが、自分のために命がけで恨みを晴らそうとしてくれたんだ。このことを知ったら、それこそいてもたってもいられないでしょうよ」

「うむ。佐吉が助かって、爺さんが島送りなんぞということにでもなったら、それこそ自分が身代わりになりたいと思うだろうな」

平蔵、暗い目になって盃に手をのばした。

三

佐吉を刺した下手人《げしゅにん》の喜平爺さんを自身番に引き取りにきたのは、平蔵とも懇意《こんい》の斧田晋吾だった。

斧田は喜平爺さんを奉行所に移送させたあと、平蔵を近くの茶店に誘った。

斧田はここに来る前、いち早く山形屋に足を運んで主人からあらましのいきさつを聞き取ってきたという。

「佐吉ってぇ手代はとんでもない野郎だったよ。友造って悪党を使っておみよという娘をまわしにかけるために、店の金をちょろまかして友造に渡していたらしい。たとえ命が助かっても牢送りは免れねぇだろう」

「それより、佐吉を刺した爺さんはどうなるんだ」

「ふふふ、あんたとしちゃ、そっちのほうが気になるようだな」

「あたりまえだ。佐吉のやらかしたことを先に聞いてりゃ、やつの治療なんぞ引き受けなかったかも知れん」

「バカいえ。あんたの根っこは医者だ。相手が人殺しでも治療だけはしたろうさ」

斧田はこともなげに一笑した。

「それに佐吉が死んでりゃ、爺さんも人殺しの罪は免れねぇだろうが、佐吉の命が助かったとありゃ、ただの喧嘩沙汰《けんかざた》で片づけられるだろうよ」

「しかし、六十過ぎの年寄りが伝馬町《てんまちょう》送りにでもなったら哀れだぞ」

「いや、そうはならないだろう。お奉行の裁きがすむまでは仮牢にはいることになるが、なに、それも長くはかからん」

斧田はお茶うけの煎餅《せんべい》をつまみながら扇子《せんす》をひらいて、せわしなくあおいだ。

「吟味方《ぎんみかた》与力の神崎《かんざき》さまは潔癖《けっぺき》なおひとでな。強姦《つっこみ》の犯人にはことのほか厳しい。それが輪姦《まわし》ともなると微塵《みじん》の容赦もなさらんだろう。まず、友造一味は鬼か犬畜生のたぐいということになろうて……」

「そそのかした佐吉も同類だぞ」

「ああ、むろん、むろん……しかも、やつには店の銭箱から金をくすねた罪もある。まず、島流しは免れんだろうよ」

扇子をたたんでポンと肩をたたいた。

「喜平爺さんのことは心配いらん。お上《かみ》にもお慈悲ってぇものがある。それに山形屋からもお奉行に爺さんの減免願いの嘆願書を出してくれるそうだからな」

斧田は扇子をせわしなく使いながらウンとおおきくひとつうなずいてみせた。

「お白州《しらす》で佐吉や友造の悪だくみが明らかになりゃ、うまくいきゃ爺さんは無罪放免とまではいかなくても、お叱りぐらいですむだろうさ」

斧田は扇子をたたむと、ニヤリとして首を突き出した。

「ところで、おみよって娘はなかなかの別嬪《べっぴん》らしいな」

「それがどうかしたか」

「いや、なに、あんたがバカに肩入れするところを見ると、ひょっとして気があるのかと思ったまでよ」

「なにぃ……」

「ふふふ、なに、冗談だよ、冗談」

十手《じって》で肩を軽くたたきながら斧田は腰をあげた。

「実はな。おみよはまだ一件のことは知らないでいるらしい」

「なんだと……」

「ここの自身番は人手がすくないし、太吉のほうは友造一味の手配で手いっぱいらしい。できたら、あんたから話してやってくんねぇかな。団子屋も十手持ちが顔をつんだすより医者のあんたのほうが何かとあたりさわりがなくていいだろうよ」

片目をつむってにやりとした。

「だいたいが、若いおなごのあつかいはあんたのほうが手馴《てな》れてるだろうしよ」

「ちっ！　人使いの荒いやつだ」

四

平蔵は両国橋を渡って本所に向かった。

両国橋は日本橋、永代橋《えいたいばし》と並ぶ江戸三大橋のひとつで、朝早くから夜遅くまで行き交う人の足が絶えることはない。

その平蔵のあとを三人の武士がさりげなくつけていた。

一人は編笠をかぶり、あとのふたりは素顔をさらしている。

「どこかに寄り道するようだの」

「本所か深川に隠しおなごでもおるのかも知れぬて……」

「ふふふ、だとすれば片づけるにはもってこいだの。おなごと寝ているときは刀もはずしていようし、一気に踏み込めば手もなく始末できようぞ」

物騒なことをささやきあっている三人の声には、土臭い田舎訛《なま》りがあった。

平蔵は元町《もとまち》沿いの小路をゆったりと突っ切ると、相生町《あいおいちょう》に沿って回向院門前町に向かう。

「おい、まさか回向院に詣《もう》でるわけじゃなかろうの」

回向院は明暦《めいれき》のころ、十万人余もの死人を出した振袖《ふりそで》火事の無縁仏を供養するために建立《こんりゅう》された寺で、いまだに供養の線香を捧げる人びとが絶え間ない。

すぐ近くには元禄《げんろく》年間に赤穂《あこう》浪士が討ち入った吉良上野介《こうずけのすけ》の屋敷があったが、今は本所松坂町《まつざかちょう》となっている。

神谷平蔵は迷うようすもなく回向院の門前にある団子屋にはいっていった。

尾行してきた三人の侍は足をとめて顔を見合わせた。

「お、おい……あやつ、甘党か」

「いや、おなごに手土産《てみやげ》の団子でも買って行くつもりだろうて」

「ふうむ……ともあれ、ようすを見るしかあるまい」

店の前で職人が醤油《しょうゆ》だれにつけた串団子を炭火で炙《あぶ》りながら渋団扇《しぶうちわ》でバタバタとせわしなくあおいでいる。

醤油だれに水飴《みずあめ》をまぜてあるらしく、甘みをつけた醤油が焦げる香ばしい匂いが団扇であおがれて、道行く人も、ついつられて入るのだろう。なかなか繁盛していた。

三和土《たたき》の土間にいくつか置かれた頑丈な縁台に腰かけた二十人あまりの客が串団子を頬ばっている。

そのあいだを縫って、涼しげな麻の浴衣《ゆかた》に赤い前垂れをかけた五人ぐらいの女中がきびきびとはたらいている。

五

平蔵が店の隅の縁台に腰をおろすと、すぐに一人の若い女中が煎茶《せんちゃ》と焼きたての串団子を二本のせた皿を運んできた。

串団子は一口で口にはいる一寸ぐらいのおおきさで、一串に三つ刺してある。

店の張り紙には「串団子一皿二十文」とあった。

平蔵が一朱出して「釣りは心付けだ」と渡したら、女中は目を丸くして、うれしそうに礼をいった。

甘辛い醬油だれの香ばしい匂いにつられてひとつ頰ばってから、おみよという娘を呼んでくれないかといったら、娘はけげんそうに首をかしげて、おみよならわたしですけれどといった。

「おお、あんたが……」

思わず、まじまじと見返した。

しわくちゃの喜平爺さんとは似ても似つかない器量よしの娘だった。

化粧っ気ひとつないが、きりっとした顔立ちで、黒々と澄んだ双眸《そうぼう》をしている。

見るからに健《すこ》やかそうな小麦色の肌は絹のようになめらかで、ぷくりとした唇には愛嬌《あいきょう》があり、受け答えもはきはきしている。

何日か前、三人の悪党に弄《もてあそ》ばれた翳《かげ》りは露《つゆ》ほども感じられなかった。

斧田がいったとおり、喜平爺さんのやらかしたことは、まだこの孫娘の耳にはいってはいないらしい。

「わしは神谷平蔵といって本願寺裏で医者をやっているものだが……」

「ああ、禅念寺の和尚《おしよう》さまとお知り合いのお医者さまですね」

どうやら、宗源禅師の顔は平蔵が思っているより広いようだ。

「あんたの耳にいれておきたいことがあるんだが、すこしのあいだでいいから回向院の大門《おおもん》まで足を運んでもらえるかな」

「わかりました。いま、おかみさんに断ってから行きます」

一朱の心付けがきいたのか、おみよはすぐに笑顔になるとカラコロと下駄を鳴らし、元気よく店の奥に駆け込んでいった。

平蔵は串団子を一本、手にすると店を出て回向院の大門前に足を運んだ。

六

待つほどもなくやってきたおみよに平蔵が事件のあらましを伝えると、おみよはしばらく呆然《ぼうぜん》としていたが、すぐに言葉を失い肩を震わせた。

「お爺ちゃんが……そんな」

ふいに両手で赤い前垂れをつかみしめ、ひしと顔を覆《おお》い、鋭く肩を震わせた。

無理もないと平蔵は胸が痛んだ。

おみよは早くに両親を病いで亡くし、そのあと祖父とふたりきりで暮らしてきたのだ。

しかも、好いた男ができて二人で暮らそうという矢先に酷《ひど》い仕打ちをうけて奈落《ならく》の底に突き落とされたのである。

ふつうなら泣きくれたあげく死にたくなってもおかしくないところを、いつもと変わりない笑顔をふりまいて、きびきびと立ち働いていたのである。

おそらく忌《い》まわしい出来事や佐吉のことも、とりあえずは忘れて祖父と二人の暮らしを守ろうとしていたのだろう。

か細い肩を震わせ、声を押し殺して泣いているおみよを見つめ、平蔵はかける言葉も見あたらなかった。

しかし、おみよはおどろくほど気丈《きじょう》な娘だった。

しばらくすると、おみよは前垂れで涙を拭い、ひたと平蔵を見つめた。

「それで、お爺ちゃんはこれからどうなるんでしょう」

「うむ。いちおうは奉行所に連れていかれて、お白州でお上の裁きを受けることになるだろうが、悪事をはたらいたわけじゃなし、佐吉の怪我もたいしたことはないから、さほど重い罪に問われることはあるまいと同心もいっておった。まず、牢屋にはいるようなことにはなるまい」

「ほんとうですか……」

「ああ、お上にもお慈悲というものがあるからな」

平蔵は斧田同心の受け売りをして、おおきくうなずいた。

「ま、無罪放免というわけにもいくまいが、山形屋からも喜平さんの減免願いが出ているそうだから、軽い叩きか、お叱りぐらいですむと思うぞ」

「叩きって……」

おみよは脅えたように唇を震わせた。

「なに、心配はいらん。形ばかり肩に棒をあてるぐらいですむだろうよ。係同心はわしとは懇意の仲だ。うまく手加減してくれるよう頼んでおく」

「お爺ちゃん……可哀相」

おみよの目に、また大粒の涙がぷくりと盛り上がってきた。

「泣くのは今だけにしておけよ……」

平蔵はおみよの肩に両手をのばして抱きしめてやった。

「お爺さんはすぐにもどってこられる。そのときは元気よく迎えてやれ。おまえが泣き顔を見せたら、お爺さんが辛《つら》い思いをするぞ」

「は、はい……」

おみよは平蔵の胸でこっくりとうなずいて、顔をあげた。

「もう、泣きません」

ぎゅっと唇を噛みしめると、懸命にうなずいてみせたが、両目は真っ赤に泣きはらし、洟水《はなみず》が出かかっている。

平蔵がふところから懐紙《かいし》を出しておみよに渡してやると、十九歳の娘らしく恥ずかしそうに背中を向けてチンと鼻をかんだ。

「なにかあったら、いつでも遠慮なくわしのところに来るんだぞ」

「はい。なにからなにまでお気遣《きづか》いいただいてありがとうございました」

おみよは行儀よくきちんと腰を折って頭をさげると、小走りに串団子屋のほうにもどっていった。

――なかなか気丈な、いい娘じゃないか。

あんな娘を袖にして、小悪党におもちゃにさせて大店の婿になろうとした佐吉という男は人間の屑《くず》だ……吐き気がする。

爺さんが命がけで孫の仇討ちをしようとしたのは当然のことだと改めて思った。

そのとき、回向院の門前にさしかかった一人の屈強な侍が足をとめて、まじまじと平蔵を見つめた。

「お……もしやして、お手前は神谷平蔵どのではござらんか」

「うむ？」

「お見忘れかな。佐川七郎太でござるよ」

「おお……これは」

いかつい角顔に太い眉毛、小鼻の横におおきな黒子《ほくろ》、半月ほど前の深夜、驟雨《しゅうう》の蔵前通りで成宮圭之助に助太刀したおり、刃《やいば》を合わせたことがある甲源一刀流の遣い手だった。

「いや、忘れてはおらぬ。たしか、先夜は日を改めてということでござったな」

平蔵はとっさに刀の鯉口《こいぐち》に指をかけた。

先夜の凄《すさ》まじい甲源一刀流の太刀風を思い出したからである。

「お望みとあれば、いつにてもお相手つかまつるが……ここは回向院の門前、ちと具合悪《あ》しかろう」

「いやいや、待たれよ。そういうつもりで声をかけたわけではござらぬ」

佐川七郎太はおおきく右手を団扇のようにふってにこやかに笑みかけた。

「過日は恥ずかしながら借金返しの足しにと刺客を引き受けもうしたが、あとで依頼してきた水無月藩の内情を知って、つくづく手前の浅はかさに嫌気がさしていたところでござる」

「ほう……と、もうされると」

佐川七郎太の穏やかなようすを見て、平蔵は鯉口にかけた指を離した。

「手前は本所の番場町《ばんばちょう》でちいさな剣道場をひらいておりもうすが、近頃はとんと不景気でござってな」

佐川七郎太はいかつい風貌に似合わぬ磊落《らいらく》な笑みを目尻に滲《にじ》ませると、門内に聳《そび》える欅《けやき》の老木の木陰に身を移した。

「それがしは東国の某藩で馬廻組を務めておりましたが、かねてより言い交わしていた娘が重役の息子に別邸に呼び出されて弄ばれたことを恥じて自裁《じさい》いたしました。もはや茫々《ぼうぼう》十一年も前のことでござるが……」

「ほう……」

平蔵は意外な佐川七郎太の述懐《じゅつかい》に思わず目を瞠《みは》った。

「その償《つぐな》いに娘の父親は重役から出世と加増を約束されましたが、それがしは我慢ならず若気のいたりで娘の仇討ちに、その息子を斬《き》り捨てて脱藩いたしました」

「脱藩……」

「さよう。いうなれば、それがしも成宮どのと似たような身の上でござるよ」

佐川七郎太はつるりと顎を撫《な》でてホロ苦い目になった。

「さいわい、その重役は商人から賄賂《わいろ》を受け取っていたことが発覚し、咎めをうけて失脚しましたから、それがしも藩に戻るようにと、かつての同輩にすすめられました」

「ははぁ、それでも藩に戻ろうとはされなんだということですか」

「さよう。もはや武家奉公には嫌気がさしておりましたゆえ、いまさらのこのこ戻って城勤めをする気にはなりませんでしたな」

「なるほど、わからんでもないが……とはいえ、この泰平の世では剣だけで飯を食うのはなかなか難しいものでござるぞ」

「なんの、養う妻子がいるわけでもなし、我が身ひとつの口などなんとかなりもうす。ときおり商家から盗人《ぬすっと》防ぎの用心棒を頼まれることもござってな」

「ああ、商家の用心棒は日当がいいうえ、うまく盗人を始末すればあとで報償金がたんまり出るところがこたえられませんからな」

「ほう、神谷どのも用心棒をなされたことがおありか」

「あるどころではござらん。なにせ、当節は下手《へた》な大名家より商人のほうが羽振りがいいゆえ、貧乏暮らしにはタナボタものの稼ぎ口ですからな」

平蔵は数年前の長屋暮らしのころを思いうかべてにやりとした。

「大店の用心棒の口でも舞い込んで盗人をやっつければ、礼金だけで二、三年は楽にしのげたものです」

「さよう、さよう……」

佐川七郎太は我が意を得たりといわんばかりにおおきくうなずいた。

「なにせ、手前の道場は門弟の束脩《そくしゅう》などは雀《すずめ》の涙、道場の家賃も滞《とどこお》りがちで弱っていたところ、水無月藩から前金三十両で刺客を頼まれて飛びついたような次第でござる」

「ははぁ、前金が三十両とは奮発したものですな」

「門人に水無月藩の者がおりまして、藩の御用金をくすねて脱藩した不届き者を成敗して欲しいという言い分でござったが、なんのなんの嘘も方便どころか、もとはといえば成宮どのの脱藩は藩主の無体な横車のせいとわかりもうした」

佐川七郎太は照れくさそうにピシャリと頬をたたいた。

「そうとわかっていればハナから断ったものをと悔やんでおったところでござる」

「しかし、前金の手前、いまさら断るわけにもいきますまい」

「なんの、うるさいことを申してくればケツをまくって開き直ってやるまでのことでござるよ」

佐川七郎太はケロリとした顔で片目をつむってみせた。

「ま、前金はいうなれば、やらずぶったくりということになりますか。はっはっはっ」

豪快に笑い飛ばした。

「ところで神谷どの。世の中、袖すりあうも多生の縁ともうす。すぐそこの相生町に手前の行きつけの飲み屋がござる。ちくと一杯、いかがかな」

なんとも気楽な男ではある。

第九章　御竹蔵前《おたけぐらまえ》の乱闘

一

佐川七郎太の行きつけの店は竪川《たてかわ》沿いにある［あかねや］という一杯飲み屋だった。

まだ開店前らしく赤提灯《あかちょうちん》に灯はともしていなかったが、三十路《みそじ》過ぎの小粋《こいき》な年増《としま》が縄のれんをかけようとしていた。

「あら、ま……日の暮れにはだいぶ間がありますよ」

「なに、急に女将《おかみ》の顔が見たくなってな」

七郎太はにやりとして女将の尻をポンとたたくと、縄のれんをくぐった。

奥に板場があって、十坪あまりのこぢんまりした店内には床几《しょうぎ》がいくつか置かれている。

板場のなかで包丁を使っていた半白髪の板前が目を笑わせて二人を見迎えた。

「神谷どの。ここはろくな肴《さかな》はござらんが、女将の気っ風のよさと灘《なだ》の下り酒だけが売り物でしてな」

床几にどっかと腰をおろすと佐川七郎太は肩越しに女将をふりむいた。

「もう、なんてことを……うちは板前の包丁でもっているようなものですよ。ねえ、治助《じすけ》さん」

「なぁにいいんですよ。佐川先生は酒さえありゃいい口なんでさ」

「そうよ。この世はうまい酒といい女がいればほかになにもいらんようなものだ」

「あら、わたしも、そのいい女のなかにいれてもらえるのかしら」

「ン？　おお、もちろん、もちろん。女将をはずしたら、おれが飲めなくなるからの」

「もう！」

女将は笑いながら土間の奥に据えてあった酒樽《さかだる》の栓《せん》から一合枡《ます》にふたつ、酒をなみなみとついで運んできた。

「おう、これこれ……さ、神谷どの。ぐっとやってくだされ」

七郎太はよほどの酒好きらしく、口のほうから迎えにいくと枡を傾け、グビリと喉を鳴らして舌鼓《したつづみ》をうった。

平蔵も枡に口をつけてみたが、なるほど灘の下り酒だけあって、ふんわりとした上質の香りと癖《くせ》のない旨味《うまみ》がある。

治助が箸休《はしやす》めに出してくれた味噌豆腐《みそどうふ》も絶品だった。

「ううむ、これはうまい。味噌豆腐は家内もたまに造るが、これは香りがちがう」

褒《ほ》めたら治助がにんまりした。

「その味がわかるとは、旦那《だんな》も隅におけませんねぇ」

女将が平蔵のかたわらに腰かけると、三つ指ついて挨拶《あいさつ》した。

「お美乃《みの》ともうします。これからもご贔屓《ひいき》にしてくださいまし」

「わしは神谷平蔵ともうす町医者でな。住まいは本願寺裏ゆえ、具合がわるくなったらいつでも声をかけてくれ」

「ま、お医者さま……」

「ああ、腹痛や風邪、刀傷から出産まで引き受けるが、ときには犬も食わぬ夫婦喧嘩《げんか》の仲裁まで頼みにくるものもいるので困る」

「ま……気さくなお医者さまですこと」

お美乃はくすっと笑った。

「往診もしていただけるんですか」

「もちろん、医者は遠きを嫌わず、患者を選ばずが鉄則だからな。往診おおいに結構、たとえ相手が悪党だろうと駆けつけるぞ」

枡酒に口をつけてウンとひとつうなずいてみせた。

「こんな旨い酒を飲ませてくれるとあれば、女将からは往診料はもらえんな」

「あら、ま、じゃ治助さんにせいぜい腕をふるってもらわなくっちゃね」

「へい……まかせとくんなさい」

板場から返事をした治助が、味噌だれをたっぷりかけた茄子《なす》の鴫《しぎ》焼《や》きをお美乃に渡したとき、職人らしい三人連れの客がはいってきた。

馴《な》染《じ》みの得意客と見え、お美乃が愛想よく迎えた。

七郎太が二杯目の枡酒に口をつけたところで、平蔵に肩を寄せてささやいた。

「水無月藩は、国元から呼び寄せた刺客を何人も中屋敷に集めているようですぞ。しかも、そのなかの一人は鉢谷甚之介とかいうタイ捨流の遣《つか》い手らしい」

「なにがなんでも、成宮どのを亡き者にせずば気がすまぬということですな」

「さよう……それがしの門弟がふたり水無月藩士でござるゆえ、たいがいのことは耳にはいりもうす」

「ほう……」

「ご心配無用。きゃつらも藩公の行状《ぎょうじょう》芳《かんば》しからざることはよく承知しておりましての。ことに三沢主膳とかもうす側用人《そばようにん》の振る舞いには、おおかたの藩士も眉をひそめておるようですな」

七郎太はホロ苦い目になった。

「なにせ、こやつはおのれの最愛の一人娘を献上して藩公の髭《ひげ》の塵《ちり》を払い、書院《しょいん》番《ばん》から側用人にのぼりつめた佞臣《ねいしん》だと聞いておりもうす」

「ははぁ、そやつが今度の刺客の手配も仕切っているということですか」

「さよう。それがしも、その塵払いの手伝いに荷担したと思うと、いやはや……」

佐川七郎太はぐいと唇をひんまげ、ぴしゃりと掌《てのひら》で頬をひっぱたいた。

「我ながら、まさしく貧すれば鈍《どん》するというやつでござる」

「なんの、この世の中、まっすぐな道ばかりを歩いてきた者など滅多におりませんぞ。それがしなども生まれてこのかた、あっちにぶつかり、こっちにぶつかりのよたよた道中でござるよ」

平蔵は七郎太の肩に手をかけ、おおきくうなずいた。

「おかげで、手前などは裸にひん剝《む》けば傷だらけの満身創痍《まんしんそうい》、物乞いの頭陀袋《ずだぶくろ》のようなものでござる」

「神谷どの……」

佐川七郎太は、深ぶかとうなずいた。

「いや、ひさかたぶりに気持ちのよいおひとにめぐりおうたようじゃ。ともあれ、向後ともよろしく頼みいる」

「なんの、おたがい武家奉公は勤まらぬ似たもの同士でござるよ」

平蔵、枡酒をぐいと飲み干し、お美乃をふりむいた。

「女将。おかわりを頼む」

「はい、はい……おふたりとも、ずいぶんとご機嫌ですこと」

お美乃が待っていたように、いそいそと近寄ってきた。

「ところで、成宮どのはどうなさっておられるのかな。安気に過ごしておられればよいが……」

「ま、安気というわけにはいかんでしょうが、さいわい足の怪我も治癒《ちゆ》して身を寄せておった検校屋敷を出ました。そして腰の物を売却した金を元手に、それがしの住まいの近くで間口一間半ほどの小店《こだな》を借り受け、ご内儀と二人で煮豆屋をはじめられておりますよ」

「なんと……煮豆屋を」

「さよう。黒豆を大釜で甘く煮しめた座禅豆《ざぜんまめ》や白菜の漬け物、それに甘口の味噌を塗りつけた団子《だんご》などを売っておりますが、ま、夫婦二人口ならなんとか口を糊《のり》することはできるでしょうな」

「ううむ！……成宮どのはまだしも、ご内儀は二百五十石取りのれきとした武家の娘御と聞いておりましたが、ようも思い切られたものですな」

「さよう。身を捨ててこそ浮かぶ瀬もあれということでしょう」

「なるほど、いやいや浪人したというのならともかく、みずから禄を捨て、生まれた国を捨て、武士を捨ててまで好いた相手と添い遂げようという……だれにもできることではござらん」

　佐川七郎太は、おおきくうなずいた。

「ううむ……いやいや、たいしたものよ」

　感に堪えかねたように、ぐすんと洟水《はなみず》をすすりあげて、照れ隠しのように枡酒をあおりつけた。

「それにひきかえ、藩主の威光を笠に着て非道の振る舞いをするなど、水無月の藩主は犬畜生にも劣る外道《げどう》だ」

佐川七郎太は、自分がその外道の手伝いをしかけたことなどケロリと忘れて悲憤慷慨《ひふんこうがい》している。

「あら、なにを一人でいきまいていらっしゃるんですか……」

お美乃が奥からスルメを炙《あぶ》った皿を手にして出てくると、佐川七郎太の顔をけげんそうにのぞきこんだ。

「なに、女将が顔を見せなんだからよ」

平蔵が笑いながら冷やかした。

二

水無月藩の江戸中屋敷は深川の仙台堀《せんだいぼり》の近くにある。

約二千五百坪と大名の中屋敷にしては広くはないが、このところ国元からつぎつぎに藩士が到着し、深夜まで人の出入りの絶え間がなかった。

その一角に四つ半（午後十一時）を過ぎたというのに丸行灯《まるあんどん》の灯りを煌々《こうこう》ととともしている部屋があった。

床の間を背にしているのは、先頃国元から到着した臼井孫十郎だった。

「よいな。素面《しらふ》のときならいざ知らず、たとえ神谷平蔵が鐘捲流の遣い手といえども酒を食らって酩酊《めいてい》しておれば、かならずや仕留めることができよう。やつを仕留めれば残るは成宮圭之助だけだ」

臼井孫十郎が十数名の藩士を見渡して、念をおした。

「成宮圭之助の始末は鉢谷甚之介にまかせるとして、今夜は神谷平蔵を始末すればよい。わかったな」

「ははっ」

「おまかせください」

十数名の藩士がきっぱりとうなずくのを見て、臼井孫十郎は満足そうにうなずいた。

「見事仕留めれば、加増は存分にいたすと、三沢さまも確約されておる。ぬかるな！」

十数名の藩士はいっせいに腰をあげて、つぎつぎに部屋を出ていった。

ただ一人、残ったのは鉢谷甚之介だった。

「甚之介。山岡先生も、貴公ならかならずや成宮圭之助を討ち取れようともうされておった。信じてよかろうな」

「さて、いかがなものですか。真剣勝負は紙一重のものにござるゆえ……」

鉢谷甚之介はホロ苦い目になった。

「圭之助とて一流の剣士、じっさいに刃《やいば》をあわせてみないことにはわかりもうさぬ」

甚之介は静かに一礼すると、腰をあげて部屋を出ていった。

三

「あかねや」を出た二人は御竹蔵前通り沿いに出て、間もなく尿意を催し、用水路の柳の木陰に並んで連れ小便をしていた。

三日月が雲間に見え隠れしている。

夏の夜風が、酔った肌身を心地よくなぶる。

酒のあとの長小便を撥《は》ねながら、佐川七郎太は朗々と詩を吟《ぎん》じはじめた。

～われに問う　なんのこころにて碧山《へきざん》に住まうかと　笑《わろ》うて答えず　こころはおのずと　閑《しず》かなり……

「李《り》白《はく》の山中俗人《さんちゆうぞくじん》に問うですな……」

平蔵がともに唱和した。

～桃花　流水窅然《りゅうすいようぜん》として去り　別に天地の人の間《よ》には非《あらざ》るもの有り
「いいですなぁ、李白は……」

佐川七郎太はしみじみとつぶやいた。

「それがしのように、あくせくしちょらん」

「さよう、わが恩師の白石《はくせき》先生も李白の詩が大好きでしたよ」

「ほう……神谷どのは新井《あらい》白石先生の弟子でしたか」

「さよう。若いころはせっせと先生の私塾に通うておりましたが、とんと学問のほうは身につかずじまいでしたな」

「いやいや、天下の白石先生の門弟とは羨《うらや》ましい」

「なになに不肖《ふしょう》の門弟ですよ……碧山に住まうどころか、日々女房に尻をたたかれ、あくせくと銭稼ぎに追われておる俗人でござる」

「おたがい、こころはおのずと閑《しず》かなりというわけにはまいりませんな」

「さよう。閑かにしていれば顎《あご》が干上がってしまう」

「ははは……」

「ふふ、ふ……」

そのとき、前方の闇のなかから滲《にじ》みだしてきた一団の人影があった。

いずれも二本差しの侍である。

「佐川どの……」

「うむ……見覚えのある顔がいる。どうやら水無月藩の刺客のようですぞ」

二人は柳の木を背に、刀の鯉口《こいぐち》を切って身構えた。

一団は羽織もつけず、襷《たすき》がけになって袴《はかま》の股立《ももだ》ちをからげ、手に手に白刃《はくじん》を抜きつれている。

人数はざっと目の子で数えて十数人、足は草鞋《わらじ》履《ば》きというものものしい装束だった。

平蔵も、七郎太もすぐさま草履《ぞうり》を脱ぎ捨て足袋跣《たびはだし》になった。

——深更。

左には広大な御竹蔵の白壁、右には武家屋敷ばかりで通りに人影はない。

闇討ちにはもってこいの場所だった。

「きさまらっ！　およそ正体は知れておる。そこの左端におるのは門弟の今井《いまい》重助《じゅうすけ》じゃな。きさまの腕でわしが斬《き》れるとでも思うておるのか！」

七郎太が鋒《きつさき》を突きつけて大喝《だいかつ》した。

名指しされた左端の侍が「うわっ！」とわめきながら刀をふりかざし、七郎太めがけて突進してきた。

「愚か者めがっ！」

七郎太は抜き撃ちの一閃《いっせん》で、今井重助と名指しした男の刃を撥ねあげると、返す刃で右腕をすぱっと斬り払った。

「ううっ！」

血しぶきとともに、男は路上につんのめるように倒れ伏した。

それを見て曲者《くせもの》は一瞬怯《ひる》んだが、すぐさま騎虎《きこ》の勢いで二人に殺到してきた。

平蔵と七郎太はたがいに背をあわせながら、刺客の一団を迎え撃った。

一団はあらかじめ指示されていたらしく、二人一組になって突進してきたが、左側の侍はやや引け腰だった。

平蔵はその侍のほうに体を移しかけておいて鋒を翻《ひるがえ》し、一転して右側の侍の胴を存分に薙《な》ぎ払った。

刃は侍の左の脇腹から斜めに右肩まで深ぶかと斬り上げた。

そのまま鋒を返して左側の侍の首根を薙ぎ払った。

血しぶきが噴き出し、侍は崩れるように膝を折って突っ伏した。

そのあいだに、佐川七郎太は大胆な踏み込みで一人を袈裟懸《けさが》けに仕留め、鋒を返して一人の胸板を串刺しにした。

「きさまらっ！　藩主の女狂いの走狗《そうく》になって恥ずかしいとは思わんのかっ」

佐川七郎太が大音声《だいおんじょう》で罵声《ばせい》を浴びせたときである。

目の前の内藤山城守《ないとうやましろのかみ》の屋敷の通用門から数人の侍が駆けだしてきた。

「なにごとだ！」

「ここは公儀御蔵前だぞ！　狼藉《ろうぜき》をはたらくとは何事かっ！」

それを見て、「いかん！　引けっ、引けっ！」と声が飛び交い、刺客の一団はいっせいに踵《きびす》を返して石原町《いしわらちょう》の露地のなかに消えていった。

四

「おうおう、神谷さんよ。また派手なことをやらかしてくれたもんだな」

二人がふたたび「あかねや」に舞い戻って清めの酒を酌《く》み交わしていると、間もなく斧田晋吾が十手《じって》で肩を叩きながら渋い顔で入ってきた。

「あんたが役人に名指しでおれを呼んでくれといったもんだから、せっかくの寝入りっ端《ぱな》を叩き起こされちまったぜ」

「すまん、すまん……そいつは悪いことをしちまったが、もとはといやあんたが喜平爺さんの孫を見舞ってやってくれと頼んだからなんだぞ」

「なにぃ……あの一件と今夜の白刃の舞いとかかわりがあるってぇのか」

「いや、そういうわけでもないがね」

平蔵が苦笑いして、これまでのいきさつを話した。

「ふうむ。あんたはいつでもややこしいことに巻き込まれるな」

「そうはいうが、そもそもは自身番から頼まれて、喜平爺さんに佐吉が刺された一件にかかわったことからはじまったのだぞ」

「まぁ、な。……ところで、あんたは襲ってきたのは水無月藩の刺客だといったが、残された屍体をあらためにきた水無月藩の徒目付《かちめつけ》は当藩の藩士ではなく、見たこともない顔ばかりでござるの一点張りだ」

「ほほう……」

平蔵、思わず唖然《あぜん》として佐川七郎太と顔を見合わせた。

「知らぬ存ぜぬ、か……」

「そんな馬鹿な！」

佐川七郎太は憤然として食ってかかろうとしたが、平蔵が目配せして黙らせた。

ここで下手《へた》なことを口走ると、先夜の蔵前通りの一件と七郎太のかかわりを明るみに出さざるをえなくなる。

「いったい、どうなってるんだね……」

斧田は胡散臭《うさんくさ》げな目を二人に向けた。

「残された屍体は五つ、一人残らず入念に懐中物をあらためてみたが、身元の手掛かりになるようなものは何ひとつなかったな」

斧田は十手でトンと肩をたたいて、口をひんまげた。

「やつらが水無月藩の者だと名乗って襲ってきたのかね」

「いや……」

平蔵、苦笑いした。

「闇夜の礫《つぶて》みたいなもんでな。いっせいに刀を抜きつれて斬りかかってきたのよ。こっちは先夜のことがあるからな。てっきりおなじやつらだと思っただけだ」

「ふうむ……この前あんたらが斬ったときの屍体も、水無月藩はかかわりなしというっておる。ま、屍体は素浪人ばかりだったからな。懐中物狙いの辻斬りということで片づけることにしたが……ま、今夜もそれですませるしかなかろうよ」

斧田は渋い目になった。

「なにせ、こちとらは町方同心。大名屋敷とはかかわりたくないからの」

にやりと片目をつむってみせた。

「ところで、ご両人はどういう間柄かな」

斧田は一転して、平蔵と七郎太のふたりを交互に見やった。

「ン？」

佐川七郎太はとっさに答えにつまって、目をしばたたきながら平蔵を見た。

「そうさな。ま、剣友といえば剣友、飲み友達といえば飲み友達のようなものだ」

まさかに過日、浅草のお蔵前で真剣で斬り合いをした当の相手というわけにもいくまいと、平蔵はとっさに機転をきかしてごまかした。

「なぁ、佐川どの」

「さよう、さよう……」

佐川七郎太もうまく調子をあわせて、呵々大笑《かかたいしょう》した。

「なにせ、神谷どのは鐘捲流、それがしは甲源一刀流。流派こそ違え、剣客同士、なんとなくウマがあいましてな。顔があえばつい酒になるという間柄でござるよ」

「なるほど、なるほど……」

斧田はうなずいたものの、なにしろ八丁堀《はっちょうぼり》の同心という人を疑ってかかる職業柄、半信半疑という顔つきだった。

「ともあれ、水無月藩の対応はおおいに怪しいものだな。このままではおわるまいよ」

平蔵がけしかけると斧田は渋い顔つきになった。

「よしてくれ。これ以上の面倒はご免こうむる」

十手でトントンと肩をたたくと平蔵の枡酒に手をのばし、ぐいと飲み干して
「や、邪魔したな」と背を向けて出て行った。

送って出た女将のお美乃がもどってきて目を丸くした。

「神谷さまは八丁堀の旦那ともお知り合いなんですのね」

「ああ、あの斧田という同心はなかなかの切れ者だが、面倒見もいい男だから、女将も見知っておいて損はないぞ」

「しかし、水無月藩もしつこいのう。あの成宮圭之助という男をどうしても消したいらしいな」

「ううむ……なにしろ、おなごがらみというやつは根深いものだからの」

「あら、だれかの恋の恨みなんですか」

「ふふふ、なんの、恋などという可愛いもんじゃない。立場を笠に着た田舎大名の始末に悪い横恋慕というやつよ」

平蔵、ホロ苦い目になった。

「ところで、その田舎大名の恋敵《こいがたき》と観音さまは大丈夫でしょうかな」

「ああ、今夜のところは心配いらんでしょう」

「あら、ま、その観音さまってどんなかたなんですの」

女将のお美乃が耳をそばだてた。

「お綺麗なかたなんでしょうねぇ」

「うむ、ま、器量よしにはちがいないが、まだ十九の小娘だ。女将のほうがずんと色っぽいと思うがね」

「もう……それって、なんだか、あたしがずいぶん大年増みたいに聞こえるじゃありませんか」

お美乃がピシャリと平蔵の背中をひっぱたいた。

「ほう、気にいらんか。おれは若いときから年増好みだったがね」

平蔵、ニヤリとしてうそぶいた。

「なにせ、筆おろしをしてくれたのが花街の大年増だったからの」

「あら、ま、筆おろしだなんて……」

お美乃はくすっと忍び笑いした。

「じゃ、おなごの初床はなんていえばいいんですの」

「ン……」

「ほうら、ね。筆おろしなんて殿方に都合のいい屁理屈《へりくつ》ですよ」

「ま、そういう嫌いもないとはいえんが、男は色気づいても抜き身の筒のおさめどころもわからんものよ」

「まさか……」

「なに、たいがいの男はそんなものよ。表と裏もわからずうろうろして、肝心のときにまごついて裏門に突撃するやつもいる」

「ま……いやな」

「なかには裏門のほうがいいといって陰間《かげま》好みになる阿呆《あほう》もいるが、そういうのは論外としてだ。筆おろしというのは、いざ鎌倉《かまくら》というときにまごつかんための男の修練のようなものだな」

「ふふ、ふ……それで、その筆おろしなさったのは神谷さまがおいくつのときですの」

「そうよ。たしか、あれはたしか十五のときだったかな」

「ン、まぁ……それじゃ、まだ坊やのころじゃありませんか」

「坊やはなかろう。一物《いちもつ》もしゃきっとしたもんだったぞ。相手をしてくれた年増もおおいに満足しておったからの」

「いやだ、もう！」

またピシャリと背中をぶたれた。

「はっはっはっ、神谷どのの初陣《ういじん》はちと早すぎるが、それがしも初陣は十七のときでしたからな」

「あら、ま。佐川さまも、ずいぶんおませだったんですのね」

「なにをいうか。十七、八にもなっておなごを知らんでは同輩の笑いものにされるのがオチだ。なぁ、神谷どの」

「さよう、わしの知り合いの大坂《おおさか》の名医の倅《せがれ》で渕上洪介《こうすけ》という男などは、十四のときに七つも年上の女中に夜這いをかけて、ずいぶんと可愛がってもらったらしい」

「まぁ、十四の坊やが。ずいぶんとおませな坊やですこと……」

「なにをいうか。男は十三、四ともなると棹《さお》が朝立ちするようになって、抜き身をおさめる鞘《さや》が欲しくなってくる」

「あら、おなごは鞘なんですか」

「そうよ。さしずめ、おなごなら赤飯炊《た》いてお祝いするところだが、男はそうはいかんからの。なけなしの小遣いをはたいて花街に走るか、身近にうろちょろしておるおなごに夜這いする羽目になるのよ」

「神谷さまも夜這いなんてことなさったんですか」

「ああ、亭主と死別した年増の女中なんぞは、忍んで行くと喜んで迎えてくれたものよ」

「あらあら、とんでもない坊ちゃまでしたのね」

「なにをいうか。男とおなごは神代《かみよ》のむかしからくっつきあうようになっておるもんだ」

血が高ぶっているところに酒がはいったせいか、平蔵はいつになく饒舌《じょうぜつ》になっていた。

「おれはそのころ、剣術の稽古にがむしゃらに打ち込んだおかげで剣術のほうは一皮むけたらしいが、いまだにおなごのほうは迷いっぱなしだな」

「神谷どののもうされるとおりだ」

黙々と酒杯を傾けていた佐川七郎太が、ぼそりと口をひらいた。

「世の中のおおかたの悩みごとは、男とおなごのことで生まれるような気がいたしますな」

「あら、佐川さまには似合わないことをおっしゃるのね」

お美乃が目を瞠《みは》った。

「なにをいうか。おれがそもそも禄を捨てて浪人する羽目になったのも、おなごのことからだぞ」

佐川七郎太は、いかにも心外なという顔つきになった。

「しかもだ。おれがうかうかと刺客を引き受けた相手の成宮圭之助どのとやらが脱藩する羽目になったのも、許婚《いいなずけ》のおなごに藩主が懸想《けそう》したためというからな」

口をひんまげて、佐川七郎太は太い溜息をついた。

「だいたいが芝居の演目や浄瑠璃《じょうるり》などの筋書きを見れば、男とおなごのことを種にして書かれておるものがほとんどじゃ」

「それはそうですよ。世の中、万事が色と欲というじゃありませんか」

「佐川どののがもうされるとおりよ」

平蔵も相槌《あいづち》を打った。

「人も獣の仲間ゆえ、まずは食うためにしゃかりきになって働いて銭を稼ぎ、腹を満たしてくちくなれば眠る。眠るにも一人では肌寂しくなって添い寝してくれる相手が欲しくなるのさ」

「ふふふ、それで夜這いされたんじゃ、女はたまりませんわね」

「なにをいうか。雄《おす》は雌《めす》を追いかけ、雌は気にいった雄と番《つが》って子を生む。百年たとうが千年たとうが、生き物はこの繰り返しよ」

「あら、ま、そういっちまうと、なんだか味気ないものでござんすねぇ」

「そうでもないぞ。食い物にも好き嫌いがあるように、人もいろいろだからな。番う相手とウマがあうときもあれば、ウマがあわんときもある。それが芝居でいう恋の立て引きというやつだろうな」

「へええ、神谷さまは怖いおひとだとばかり思っていましたけれど、恋の立て引きだなんて洒落《しやれ》たこともおっしゃいますのね」

お美乃はまじまじと平蔵を見つめた。

「いっそのこと、お医者なんかやめて芝居の筋立てでもお書きになったほうがいいんじゃないかしら」

「バカいえ。おれなんぞより、おなごの苦労にかけちゃ渕上洪介のほうがずんと年季がはいっておるさ」

「ふふ、十四で七つも年上のおなごに夜這いした坊ちゃまですか」

「ああ、なにせ、あいつは生涯、おなごの千人斬りを悲願にしているそうだからの。今もせっせと精出しておることだろうよ」

「ま……千人斬りだなんて、その坊ちゃまも大変な道楽者ですわね」

渕上洪介が坊やのうちにはいるかどうかは疑問だが、おなごに優しい男であることはたしかである。

「しかし、おなごに無類に優しいことは請け合いだ。なんなら女将もためしに千人斬りの手助けをしてやってみちゃどうだね」

「いやだ、もう……そんな、きびの悪いことはいわないでくださいよ」

お美乃は肩をすくめて、ぶるっと身震いしてみせた。

遠くで夜鷹《よたか》蕎麦《そば》の風鈴の音が、川風にのってリンリンリンと涼しげに鳴っている。

第十章　果たし状

一

圭之助は、昨日のうちに大鍋に張った水を沸騰《ふっとう》させて火を落とし、醬油《しょうゆ》、味醂《みりん》、砂糖、塩で味つけした汁のなかに洗っておいた黒豆を浸して、一晩漬け込んでおいた。

黒豆は鍋にいれて沸騰させると皮がはじけてしまうし、豆も堅くなって味がしみこまないのだという。

一晩、汁のなかに漬け込んだ豆は甘い汁をたっぷりと吸いこんで、ふっくらと柔らかくなる。

この手間暇をかけることで、黒豆が売り物になるか、ならないかがきまるのだ。

この手順を教えてくれたのが禅念寺の宗源禅師だった。

宗源禅師は京の禅寺で修行していた小僧のころ、毎日、この座禅豆《ざぜんまめ》を寺の台所で仕込んでいたのだという。黒豆を煮るのは禅の修行にも通じるのかも知れない。

座禅豆は近くの長屋の女房たちも買いにきてくれるが、おおかたは宗源禅師の口利きで界隈《かいわい》の寺の納所《なっしょ》に買い上げてもらえる。

精進潔斎《しょうじんけっさい》を旨《むね》とする僧侶は常に大豆《だいず》や小豆《あずき》、黒豆を食する。

親しくなった医師の神谷平蔵も、豆は畑の肉ともいわれるほど滋養があると患者にすすめているそうな。

この店を開くための資金は、家宝の南紀重國の脇差しを売り払った金と宗源禅師が祝いにと渡してくれた五両の金でなんとか賄《まかな》うことができた。

神谷平蔵は店開きの祝いに、圭之助が古物商に売り払ってしまった南紀重國の脇差しの代わりにと、無銘ながら関鍛冶《せきかじ》の刀工が鍛えた脇差しを一振りに添えて二両の祝い金を贈ってくれた。

矢部伝八郎と下谷の火消しの頭《かしら》の滝蔵も角樽《つのだる》を祝いに持参してくれたばかりか、開店祝いに蔵前通りの小料理屋［あづま］に一席設けてくれたのである。

それぱかりか、滝蔵はせっせと店の宣伝にまで一役買ってくれている。

江戸という町は世知辛《せちがら》い面もたしかにあるが、下町の住民の人情は国元の田舎よりかえって厚いような気がする。

吝《しわ》いのはなまじ小金のある商人のほうで、その日暮らしの職人や、長屋の女房たちは口さがないところはあるものの、気さくでつきあいやすい人間が多い。

由乃も日一日と下町暮らしに馴染《なじ》んできて近所づきあいに溶け込んできたらしく、子供たちから「おばちゃん」と呼ばれても笑顔で受け答えするようになってきた。

店ではほかにも白菜漬けや甘味噌《あまみそ》を塗った串団子《くしだんご》も売っている。

白菜漬けは近くの百姓から仕入れ、団子は問屋から買って串に刺し、炭火でほどよく焦げ目をつけて甘味噌を塗って売る。

串に団子を刺して焼くのは由乃の仕事になっている。

圭之助が近くの寺から頼まれた座禅豆を配達して店に戻ってくると、由乃は手拭《てぬぐ》いを姉さまかぶりにし、襷《たすき》がけになって、焜炉《こんろ》の前で串団子を焼いていた。

由乃の父の平岡源右衛門は圭之助のかつての上役で、今は蟄居《ちっきょ》謹慎中の身だが水無月藩で禄高二百五十石の郡奉行をしていた。

その一人娘だった由乃が団扇《うちわ》を手に懸命に串団子を焼いているのを見ると、なにやら痛ましい気がするが、由乃は結構楽しそうに見える。

由乃は白地に紺《こん》の朝顔模様を染めた綿の単衣《ひとえ》に下町の女房らしい縞柄《しまがら》の帯をきりっと締め、汗だくになって団扇を使っていた。

袖《そで》をたくしあげ、白い二の腕を惜しげもなくむきだしにして赤い紐《ひも》を襷がけにしている由乃のうなじには、間断なく玉のような汗が吹き出している。

日よけの葦簀《よしず》を立てかけてあるものの西日は容赦なく照りつけて、土間のなかは蒸《む》し風呂のようだった。

その葦簀をくぐって、六つぐらいの男の子がカラの丼《どんぶり》を片手にして顔をつんだした。

近くの長屋に住んでいる鍛冶職人の長男で、三吉《さんきち》という小生意気な口をきく子だった。

「おばちゃん。座禅豆を一杯と串団子を二本くんな」

もう一方の手には銭をしっかりと握りしめている。

「あら、三吉さん、お使いにきたの。えらいこと……」

由乃がカラの丼を受け取って圭之助をふりかえった。

「おまえさま、座禅豆を大盛りにしてあげてくださいまし……」

「おう……」

丼を受け取った圭之助が、別の大鍋に移して冷ましてあった座禅豆を山盛りにして由乃に手渡した。

「はい。三吉さん、落とさないように気をつけてね」

丼といっしょに甘味噌だれをたっぷりつけた串団子を三本差し出した。

「一本はおまけ、三吉さんのお駄賃よ」

「やった！　おばちゃんはいっつも気前がいいから、おいら好きさ」

すぐに団子をぱくついてにやりとした。

「おばちゃん、べっぴんさんだね」

そういうと、くるっと踵《きびす》を返して小走りに駆けだしていった。

「ま……」

由乃は呆《あき》れたように顔を赧《あか》らめて、三吉を見送った。

二

——その日の夕刻。

圭之助が竈《かまど》と焜炉の火の後始末をし、店じまいにかかっていたとき、戸口に武家屋敷の小者《こもの》らしい六十年輩の年寄りが腰をかがめて訪《おとな》いをいれた。

「おうかがいいたしますが、こちらが成宮圭之助さまのお住まいでございましょうか」

「ああ、成宮圭之助はそれがしだが……」

「あ……これは」

男は着物を裾《すそ》っからげにし、素足に藁草履《わらぞうり》という圭之助の格好に目をやって絶句し、おどろいたように目を瞠《みは》った。

「とんだ失礼をばいたしまして、もうしわけもございりませぬ」

急いでバッタのように腰を何度もかがめると、懐《ふところ》から一通の封書をとりだし、屁《へ》っぴり腰でおずおずと差し出した。

「水無月藩の鉢谷甚之介さまからのお文《ふみ》にございます」

「なに、鉢谷どのからの文だと……」

圭之助の表情が一変し、眉根を寄せた。

「じかにお手渡しすれば、返書はいらぬということでございりました」

封書は左封じになっている。

――果たし状だな……。

圭之助の眉が一瞬、曇ったが、おおきくうなずいて問い返した。

「鉢谷どのが江戸屋敷にまいっておられるのだな」

「は、はい……半月あまり前に国元から中屋敷に出向いてまいられておりますです。はい……」

「あい、わかった。たしかに承知したと伝えてくれ」

「は、はい。それでは手前はこれで失礼をばさせていただきまする」

「うむ。ご苦労だったの」

封書を懐にねじ込みながら、小者の労をねぎらった。

武家屋敷に勤めている者なら、左封じの文がなにを意味するかは知っているのだろう。

何度も頭をさげながら小走りに去って行く年老いた小者を見送った圭之助は、深い溜息をついた。

小者と入れ違いに、買ってきた豆腐《とうふ》や葱《ねぎ》を抱えた由乃がもどってきた。

「おまえさま……どうかなされましたか」

「いや、なんでもない」

圭之助は懐の封書を手でおさえ、顔色をやわらげた。

「今日は団子も座禅豆もよう売れたの」

「はい。これがつづけば暮らしの目途《めど》もなんとか立ちまする」

由乃はいそいそと台所に向かった。

三

この住まいは店の土間と四畳半の小部屋のほかに六畳の部屋、それに厠《かわや》がついているだけのつましい造りだった。

つましいといっても、近くの長屋にくらべれば内厠があるだけでも夜中に外に出なくてすむぶん、おおいに助かる。

黒豆を煮たり、団子を焼くのに使う焜炉を置いてある三和土《たたき》の土間は別にして、六畳の部屋はふたりの寝間に使い、飯は土間の隣の四畳半で食うことにしている。

風呂は近くの湯屋で間にあうし、買い物も町内の八百屋《やおや》や魚屋や乾物屋でなんとか用は足りていた。

駆け落ち者の烙印《らくいん》のほかに脱藩者の汚名までかぶって藩境を越え、芝居者の一座にまぎれてようやく江戸にたどりつくことができたふたりにとっては、この穏やかな暮らしは過分ともいえるものだった。
しかし、それも鉢谷甚之介の果たし状を受け取った瞬間に、ふたりの穏やかな時の流れは止まったまま凍りついてしまった。
果たし状には見覚えのある鉢谷甚之介の直筆で、時刻と場所が明記されていた。

――此度《こたび》　殿の上意をもって某《それがし》が貴殿の討っ手を申し付けられ候《そうろう》。
もとより貴殿とは長年の友誼《ゆうぎ》もこれあり某の本意では御座なく候えども　永年藩より禄を食《は》んで参った家臣として殿の上意に背くわけには相参らず次第に御座候。
但し　此度は余人をまじえず心おきなく貴殿と存分に果たし合い致したく存じ候。
此の文御覧候えば　明日　申《さる》ノ刻《こく》　深川十万坪《じゅうまんつぼ》　一本杉までお運び下されたく存じ候。

鉢谷甚之介

成宮圭之助殿

――受けぬわけにはいくまい……。

圭之助は一読して、文を懐にもどすと店の戸じめにかかった。

台所では由乃が葱を刻んでいるらしい包丁の音がトントントンと聞こえている。

――さて、このこと由乃になんとはなしたものか……。

圭之助は太い溜息をもらした。

四

夕食後、洗い物をすませて白い寝衣に着替え、床にはいってきた由乃に鉢谷甚之介からの果たし状を見せた。

「こ、このような理不尽《りふじん》な……」

由乃は血の気がひいた蒼白な顔になり、唇を震わせた。

「おまえさまはすでに武士を捨てた身ではありませぬか。まさか、こんな果たし状をお受けになるつもりでは……」

「逃げようともうすのか。鉢谷は骨の髄《ずい》からの武士だ。上意が取り消されぬかぎり、どこまでもわしのあとを追ってくるだろう。ならば受けてたつしかあるまいよ」

「…………」

由乃はしばらく声もなく、唇を震わせて圭之助の顔を見つめていたが、やがてひしと縋《すが》りついてきた。

その夜のふたりの交わりは、途中から互いが互いを貪《むさぼ》りあうような、切なくも激しいものとなっていった。

薄い夏夜具は蚊帳《かや》の隅に蹴りやられてしまい、由乃の白い寝衣もいつの間にか圭之助の手で剝《は》ぎ取られていた。

昼前に湯屋にいって髪を洗ってきた由乃は、丈《たけ》なす黒髪をうなじのうしろで赤い紐で結んであったが、その結び紐もとうにほどけてしまっていた。

裏の戸障子からわずかにさしこむ月明かりのなかに、由乃の女体のふくらみや、くぼみが青白い陰影を見せている。

そのふくらみのひとつひとつを、そしてくぼみのひとつひとつを圭之助はいとおしむようになぞり、確かめていった。

またと手にすることはないかも知れないという思いがこみあげ、圭之助の愛撫をいっそう入念なものに駆り立てた。

しっとりと汗ばんだ由乃の肌身は、圭之助の愛撫にこたえて間断なく震えおののいて、あられもなく胸を思うさまのけぞらせ、足を撥《は》ねあげた。

「お、おまえさま……」

由乃は圭之助にしがみついたまま、幾度となく押し殺した声をしぼりだした。

それは傷ついて追いつめられた獣が、助けをもとめて発する悲鳴のようでもあった。

――半刻（一時間）後。

ふたりは身じろぎもせず、肌身をあわせたまま寄り添っていた。

汗はとめどもなく吹き出し、甘酸っぱい匂いが蚊帳のなかで噎《む》せかえるようだった。

しとどに濡れそぼった由乃の肌を、圭之助はいとおしむようになぞりつづけた。

もしやしたら、今生《こんじょう》の別れになるやも知れないふたりであった。

どこから、いつの間に迷いこんだのか、二匹の蛍《ほたる》が蚊帳の天井の隅で青い燐《りん》のような尾灯を点滅させていた。

蛍は成虫になると七日の命しかないと聞いている。

そのあいだに雄《おす》は交尾の相手の雌《めす》を探し、雄は交尾を終えると死んでいくという。

雌も産卵を終えると雄のあとを追うように短い生涯を終えるのだ。

――なんと、いじらしくも儚《はかな》い生き物だろう……。

圭之助が、蚊帳の天井の隅で声のない恋歌をかわしあっている蛍を見つめた。

――蛍の命も儚いが、人の命とて明日をも知れぬ儚いものよ……。

汗にまみれた胸に頬をすりよせている由乃の胸のふくらみを、そっと掌《てのひら》に包みこんで愛撫してやった。

掌のなかで乳首が硬くしこっている。

静かに抱き寄せて、乳首を口に含んだ。

やがて、由乃が切なげに喘《あえ》ぎはじめた。

「おまえさま……」

由乃がためらいがちにささやいた。

「うむ……」

「わたくし……もしかしたら、おまえさまのややが授かったのかも知れませぬ」

「なんと……」

圭之助は絶句した。

「まことか」

由乃はひたと縋りつくような目を向けて、うなずいた。

「月のものがとまってから、もう二十日になりますもの」

「まことか……」

由乃は無言でうなずくと、火のように熱い頬を圭之助の胸におしつけてきた。

「ややのためにも、なんとしてもご無事で戻ってきてくださいまし……」

「由乃……」

圭之助は深ぶかとうなずきかえし、腕を由乃の腰にまわして抱き寄せた。

五

——深更。

水無月藩中屋敷の一室に数人の侍が顔を寄せ合っていた。

上座には国元から出てきた側用人の三沢主膳と江戸家老の高村内記《たかむらないき》がいたが、座を仕切っているのは主膳のようだった。

「孫十郎。鉢谷が無断で成宮圭之助に果たし状を届けさせたというのはたしかだな」

主膳が険《けわ》しい目で臼井孫十郎を見やった。

「は、鉢谷につけておりました小者が使いを務めたそうにございます」

「ううむ……甚之介めが、勝手な真似をしおって」

「ですが、三沢さま。甚之介の腕ならば成宮を上回ることは必定にござる。うまく甚之介がきゃつを仕留めれば、武士と武士の果たし合いということで藩名に傷がつくこともありますまい」

「臼井のもうすとおりじゃな」

高村内記がおおきくうなずいた。

「御蔵前の一件と御竹蔵前の一件ではなんとか藩とのかかわりをごまかすことができたものの、斬《き》り合いも三度目となると公儀の目が当藩に向けられるは必定じゃ」

高村内記は渋い顔になった。

「なんとか鉢谷と成宮との二名の私闘ですませられれば、それに越したことはあるまいて……のう、三沢どの」

「さよう……」

三沢主膳は皮肉な苦笑を口辺に刻んだ。

「なれど、道場での立ち合いならともかく、真剣での斬り合いともなれば、かならずしも鉢谷が成宮を仕留めるとはかぎりませぬぞ」

「う、ううむ……」

「万が一、逆の目が出るようなことになれば当藩の名が出ましょう。そうなると御蔵前の件も、御竹蔵前の件にも疑惑の目が向けられましょうぞ」

主膳は端整な顔には似つかぬ、鋭い目を臼井孫十郎にそそいだ。

「よいか、孫十郎。くれぐれも鉢谷の身辺から目を離してはならぬぞ」

「かしこまりました」

かたわらから高村内記が口を差し挟んだ。

「三沢どの。成宮はともかくとして、殿の御執着なされているのは由乃とやらもうすおなごとうけたまわっておりますぞ」

「ご家老。そのことなら案じられることはござらぬ。成宮圭之助さえ仕留めれば、由乃は一人となる。父親を囮《おとり》に使えば水無月に戻ることは目に見えております る」

三沢主膳は、冷ややかな笑みを口の端に刻むと孫十郎に言った。

「ただし、神谷平蔵ともうすやつと佐川七郎太からは、かまえて目を離さぬようにいたすことじゃ」

「かしこまりました」

「どうやら、江戸屋敷の藩士には腕のたつ者はおらぬようですの」

三沢主膳はじろりと高村内記を見やって苦笑した。

「おおかた江戸の花街に通うて、色事の修行ばかりにうつつをぬかしておるのでござろう。もののの役にはたちますまい」

若いころは美男子と噂《うわさ》された三沢主膳だが、いまもその面影は残っている。

その頬に皮肉な笑みを刻んで、臼井孫十郎に刺すような眼差しを向けて腰をあげた。

「こたびは山岡道場のものを七名連れてまいった。いずれもタイ捨流の遣《つか》い手ぞろいじゃ。鉢谷の後詰《ごづ》めに使えば、まず成宮圭之助を仕損じることはあるまい。かまえて向後しくじりは許さぬぞ」

「ははっ！」

三沢主膳は平伏している臼井孫十郎の前を通って廊下に出ていった。

第十一章　深川十万坪《ふかがわじゅうまんつぼ》の死闘

一

　翌日。成宮圭之助は由乃とともに、いつものように店をあけると、一晩大鍋のなかで煮汁に漬け込んであった黒豆を味見した。

　たっぷりと煮汁がしみこんだ黒豆はふっくらとして、歯のない年寄りでも食べられるほどやわらかくなっていて甘みも申し分がない。

　由乃もいつもと変わりなく、串団子《くしだんご》を焼く焜炉《こんろ》に炭火を熾《おこ》しにかかった。

　圭之助は近くの寺の納所《なっしょ》から頼まれていた座禅豆を大丼《おおどんぶり》に移すと、岡持《おかも》ちに入れて配達に出向いた。

　黒豆は日持ちがするので、寺の僧侶にはなかなか評判がいい。

　圭之助は古着屋で買い求めた股引《ももひき》を穿《は》いて藍《あい》の単衣《ひとえ》の裾《すそ》をたくしあげた町人風

の身なりをしているが、侍髷《さむらいまげ》を隠すため手拭《てぬぐ》いで頬っかぶりしている。ただ、姿勢はなかなか直らないようで、武士らしく胸をそらした大股で、歩幅も広い。

そういう圭之助を見ると、由乃はなにもかも自分のせいだという気がしてきて胸が切なくなる。

——それにしても……。

いまだに圭之助に刺客を差し向けてくる水無月藩主の横暴が許せなかった。

「ちょいと、ちょいと座禅豆を一鉢《ひとはち》と白菜漬けをおくれな」

顔見知りの大工の女房でおちえという女が、カラコロと下駄を突っかけながら丼をふたつ手にして店先に立った。

「あ……は、はい」

おちえは圭之助の後ろ姿を見送ってあからさまにからかった。

「それにしても、いい男だねぇ、あんたの旦那《だんな》。岡惚《おかぼ》れしちゃうわ」

「え……」

いつもならさりげなく受け答えするところだが、今日ばかりはそういう気にはなれなかった。

二

——その日。

神谷平蔵の診療所には、朝っぱらからめずらしく患者がたてつづけにやってきた。

寝冷えで腹くだしした男、虫歯が痛んで眠れないという女、疣痔《いぼじ》が飛び出して痛くて歩くのも辛《つら》いという女、ギックリ腰になった男、なかには肝心の竿《さお》がこのところ中折れするようになったので、なんとかならないかという五十年寄りの親爺までいた。

この親爺には呆《あき》れたが、金をたんまりもっていそうだったから、碇草《いかりそう》の根を漬け込んだ仙霊脾酒《せんれいひしゅ》という強精強壮に卓効のある薬酒を小壺に一合ほど移して出してやった。

この仙霊脾酒は平蔵が医学の師として尊敬している小川笙船から教えてもらった強精酒で、平蔵が三年前に碇草を採取して壺に漬け込んでおいたものである。

平蔵は試したことはないが、「本草綱目《ほんぞうこうもく》」によれば碇草を常食にしている山羊《やぎ》は一日に百度も雌《めす》と番《つが》うというので碇草の根を漬け込んだのがはじまりだという。

この親爺に卓効があるかどうかは保証のかぎりではないが、もったいをつけて能書きを話して渡してやった。

薬代も一両二分とふっかけてやったが、親爺はえびす顔で文句ひとつつけずに払って帰った。

「いいんですか。あんなことおっしゃって……あとで文句をつけてこられたらどうなさるんですか」

篠は呆れ顔になって心配した。

「なに、あれで効かなきゃ、相手のおなごを取り替えろといってやるまでだ」

「ま……」

「ふふふ、効くかどうか、おれが試しに飲んでみてもいいぞ」

「もう、なにおっしゃるんですか」

篠は真っ赤になって平蔵の背中をピシャリとひっぱたくと、臀《しり》を左右にふりながらサッサと台所に逃げこんでいった。

時の鐘が九つ（正午）を打つのが聞こえてきた。

患者の足が途絶えた合間に、篠とふたりで茶漬けをかきこんでいたときである。

「せんせい、あの成宮さんが深川の十万坪で果たし合いなさるってんですが、お聞きになりやしたかい」

下谷の滝蔵が雪駄《せった》をつっかけて飛び込んできた。

「なに、果たし合いだと……」

「ま……」

篠も息をつめて、まじまじと滝蔵を見つめた。

「それも今日の申ノ刻だってぇから八つ半（午後三時）から七つ半（五時）、そろそろ日の暮れるころでやしょうね」

「ほう、あまり間がないな……」

平蔵は眉をひそめた。

「相手はだれだ」

「ご新造《しんぞ》さんのはなしだと、なんでも鉢谷甚之介とやらいう成宮さんとは幼馴染《おさななじ》みのおひとだそうですぜ」

「ははぁ、水無月藩士か。だとすれば上意を命じられてやむなくということだろう」

平蔵は箸《はし》を手にしたまま眉をひそめた。

「それで、成宮どのは受けるおつもりなのか」

「受けるもなにも、もうとうに支度して深川に向かわれたってぇことでさ」

「ふうむ……十万坪は深川の奥も奥、まわりは田圃《たんぼ》と芦原《あしはら》ばかりだ。歩いてゆけば一刻（二時間）あまりかかる辺鄙《へんぴ》なところだからな」

平蔵、箸を箱膳においてて腕組みした。

「せ、せんせい。ほっといていいんですかい。成宮さんは藩を捨てて町人になろうとしてらっしゃるんですぜ。それでも果たし合いをしなきゃならねぇんですかい」

滝蔵はむきになって口をとんがらせた。

「いや、受けなくともだれも咎《とが》めはせぬが、おそらく成宮どのには剣士としての誇りがあるのだろうよ。ことに相手が幼馴染みとあればなおのことだ」

「ちっ！　これだからおさむらいってぇのは始末におえねぇ。もしもですぜ、成宮さんが勝ちゃともかく、やられちまったら残されたご新造さんはどうすりゃいいんですかい」

滝蔵は、ぐしゅんと洟水《はなみず》をすすりあげた。

「ええ、せっかく手に手をとって駆け落ちまでなすったってぇのによう」

「それだ……」

平蔵、ぽんと膝をたたいて腰をあげた。

「篠。出かけるぞ」

「え……は、はい。では、おまえさまが助太刀をなさろうという」

「いや、剣士と剣士のまっとうな果たし合いなら手出しはできぬ」

平蔵、刀架けからソボロ助広をつかみとると鞘《さや》を抜き払って刀身をあらためた。

「ただ、先日来の水無月藩の無体なやり口を見ていると、この果たし合いには裏があるような気がする」

「裏ともうしますと……」

平蔵は刀身を鞘にもどし、眉根に険《けわ》しい皺《しわ》を刻んだ。

「おそらく、その鉢谷甚之介という男は藩主から上意討ちを命じられたのだろうが、相手が幼馴染みの仲ゆえ、剣士として尋常な果たし合いをするつもりだろうよ」

篠が手早く差し出した裁着袴《たつつけばかま》をつけながら、吐き捨てるようにいった。

「とはいえ、藩がそのことに気づいたとすれば、黙って指をくわえてはおるまい」

「では、お二人の果たし合いにかこつけて……」

「うむ。ひそかに伏兵を差し向け、なにがなんでも成宮どのを討ち取ろうとするにちがいない。藩主の目当ては成宮どのではのうて、あくまでも由乃どのだろうからな」

「まさか……」

「なんの、その真逆《まさか》の無理を強引におしとおそうとするのが、大名のなかには掃いて捨てるほどいる。なにせ、殿様などという代物《しろもの》は暇をもてあましているからな。女漁《おんなあさ》りに走る殿様などめずらしくもないわ」

「へへへ、いいご身分でやすね」

「ふふ、なにやら羨《うらや》ましそうな口ぶりだぞ」

「え……め、滅相《めっそう》もない」

「ともかく十万坪にいってみよう。成宮どのをみすみす見殺しにはできんからな」

「あっしもお供いたしやすぜ」

「バカもん！　足手まといになるだけだ。それより滝蔵、伝八郎のところにひとっぱしり使いを頼まれてくれ。あいつにだんまりでいるとうるさいからの」

「へ、まかしといてくんなさい」

「おれは柳橋《やなぎばし》で猪牙舟《ちょきぶね》か川船を手配して待っている」

「わかりやした！」

三

成宮圭之助は本所柳島町《やなぎしまちょう》にある蕎麦屋《そばや》で蕎麦をたぐり、腹ごしらえをしながら途中の絵双紙屋で買い求めてきた本所界隈《かいわい》の切絵図に目をさらしていた。

十万坪の位置はおよその見当はついたが、ただ、おそろしくだだっ広い空き地だということはわかったものの、一本杉がどこにあるのかは切絵図には記されていなかった。

――やはり早めに出てきてよかったな。

郷方役人だった圭之助は参勤交代の供をしたこともないし、由乃とともに江戸に出てきてからも江戸見物などという悠長《ゆうちょう》なことをしている暇はなかった。

おそらく鉢谷甚之介は参勤交代の供をしてきたこともあるし、圭之助よりははるかに江戸の地理にくわしいだろう。

一本杉という目印まで指定してきたところをみると、十万坪のあたりを散策したこともあるのかも知れない。

果たし合いともなると、剣のうえの勝負とはいえ地の理もものをいうだろう。

そう思って早めに出てきたのである。

鉢谷甚之介はタイ捨流の遣《つか》い手として藩でも聞こえた剣士であり、藩命により諸国を廻国して剣技にいっそう磨きをかけてきたのだろう。

しかし、圭之助も無外流の遣い手として、城内での立ち合い試合で十人抜きを果たした自信もある。

そのときはタイ捨流の山岡道場の高弟も破っている。

また脱藩してからは現実に真剣で斬《き》り合ったこともあり、むざむざ鉢谷甚之介に遅れを取るとは思っていなかった。

蕎麦代を払って店を出ると、切絵図を頼りに十万坪に向かった。

時の鐘が八つ（午後二時）を打つのが聞こえた。

四

そのころ神谷平蔵は、滝蔵の知らせを聞いて駆けつけてきた矢部伝八郎とともに川船に乗って小名木川《おなぎがわ》を新高橋《しんたかばし》のほうに向かっていた。

小名木川は行徳《ぎょうとく》の塩田でとれた塩を江戸に運ぶ塩舟がひっきりなしに通る運河である。

新高橋をくぐり八《はち》右衛《え》門新田《もんしんでん》を南に折れたところで川船をおりて、砂村《すなむら》新田の橋の下に船をつないで待っていてくれるよう船頭に頼んだ。

十万坪は砂村新田の西に広がる広大な明地《あきち》である。

船をおりた伝八郎は明地の端に佇《たたず》んで見渡し、啞然《あぜん》とした。

「これはまさに茫々千里《ぼうぼうせんり》、見渡すかぎりの芦原だのう……」

「船頭に聞いたところによると、さらにその南の細川家の下屋敷の東には六万坪とかいう明地があるらしいぞ」

「なんとも、もったいないはなしだの。これだけの土地が手つかずでほったらかしのまんまか。大名屋敷がいくつもすっぽりはいるぞ」

「ううむ……」

折悪しく海風が強くなり、黒雲が垂れ込めてきた。

海辺の天候は変わりやすい。

「こりゃ一雨きそうだな」

伝八郎が舌打ちしたとき、海風に乗って時の鐘が遠くで七つ（四時）を打つのが聞こえてきた。

「おい……あれが一本杉じゃないのか」

平蔵が指さした先に、芦原のなかにポツンと取り残されたように杉の古木が聳《そび》えているのが見える。

「ああ、あれか。しかし、人影らしいものは見あたらんぞ」

「ともあれ、あのあたりまでいってみよう」

「待て待て、その前に小便だ……」

袴の裾をたくしあげて一物《いちもつ》をつかみだすと、勢いよく小便を放水しはじめた。

途端に伝八郎の腹がぐうっと情けない音を立てた。

「しまったのう。おりゃ昼飯を食っとらんのよ……」

「ちっ……我慢しろ。あとでたらふく飲み食いさせてやる」

「おっ、そりゃ、きさまの奢《おご》りだろうな」

ぬかりなく駆け引きしながら、えんえんと放水している。

「ま、よかろう」

「ふふ、ふ……」

伝八郎の筒は太くて長いうえに放水も勢いよく、おそろしく長い。小便が風に吹かれてしぶきとなって芦に降りそそいでいる。

そのとき彼方にキラリと刃《やいば》が光るのが見えた。

五

圭之助が到着したとき、甚之介はすでに一本杉に背中をあずけ、座したまま瞑目《めいもく》して待っていたのである。

「おお、ひさしいのう、圭之助。……きさまと会うのは四年ぶりになるか」

懐かしげに目を細めてほほえむと、ゆっくりと立ちあがって腰の刀を抜き払い、左上段に構えた。

「よもや、このような仕儀できさまと会うとは思わなんだ」

「おれも、おなじよ。まさかにきさまから果たし状を受ける身になるとはな」

圭之助は義父から授かった津田助弘を抜き放って対峙《たいじ》した。

「由乃どのも変わりはないか」

「ああ、どうやら身籠もっておるらしい」

「ほう……」

甚之介の眉が曇った。

「そうか、本来なら宴席をもうけて祝い酒でも一献《いっこん》酌み交わしたいところだが、そうもいかぬな」

「なんの、そのような斟酌《しんしゃく》は無用……」

圭之助はつつつと右に走った。

甚之介は杉の木陰を背にしているが、圭之助は西日をまともに受ける位置にいたので、陽光を背にしたかったからである。

しかし甚之介は微動だにせず、杉の老木の木陰から出ようとはしなかった。

対峙は四半刻（三十分）あまりつづいたが、二人は身じろぎひとつしようとしなかった。

一陣の風が海のほうから芦原をなめるように吹きつけてきた。

その風を背にして、甚之介は疾風《はやて》のように一気に間合いをつめて斬りこんできた。

刃《は》唸《うな》りのするような剛剣だったが、圭之助はその刃を撥《は》ねあげざま鋒《きっさき》を返して甚之介の肩口を袈裟《けさ》に斬りさげた。

しかし、甚之介は軽がるとかわし、間合いを一気につめると上段から真《ま》っ向微《こうみ》塵《じん》に斬りおろしてきた。

タイ捨流独特の敏捷《びんしょう》な跳躍と突進で間合いをつめる、大胆不敵な太刀さばきだった。

間一髪、圭之助は下段から刃を摺《す》りあげてかわしざま、返す刃で甚之介の籠手《こて》を一撃した。

鋒が甚之介の籠手を掠《かす》めたが、圭之助はそのまま刃を翻《ひるがえ》し、甚之介の胴を刺突《しとつ》した。

甚之介は躰を弓なりにそらし、圭之助の刺突をかわした。

六

平蔵と伝八郎が、丈《たけ》なす深い芦原をかきわけながら一本杉をめざしていたときである。

前方の芦の茂みのなかに、黒い頭巾《ずきん》をかぶった頭がいくつも潜んでいるのが見えた。

「おい……あれを見ろ」

平蔵が伝八郎を目でうながした。

「うむ……おお、あれか」

「臭いとは思わんか」

「臭い、臭い。ぷんぷん臭う。なかには弓をもっておるやつもいるようだぞ」

「さしずめ、あやつらの狙いは成宮どののだろうな」

「だとすれば水無月藩の刺客だな……」

「それしかあるまい」

「つまり、なにがなんでも成宮どのを亡き者にしようという魂胆《こんたん》か」

「おそらく、な」

「どうする。おれたちで始末するか」

「早まるな。とりあえず、やつらの出方を見よう。おれは向こうからまわりこむから、きさまはやつらから目を離すな」

「よし、まかせておけ」

「くれぐれも早まるなよ」

念をおしておいて、平蔵は身をかがめ、鼬《いたち》のように芦原を迂回《うかい》して一本杉をめざした。

海風は唸りをあげて、芦原を薙《な》ぎながら吹き荒れている。

鋭いヤ声《ごえ》とともに、刃と刃がからみあう音が聞こえてきた。

黒雲が重く垂れ込め、風はいよいよ激しさをましてきた。

どうやら嵐になりそうな空模様だった。

七

成宮圭之助と鉢谷甚之介は激しく斬りむすんでは鍔迫《つばぜ》り合いになり、また飛びすさっては対峙するという繰り返しをつづけていた。

吹きすさぶ風に煽《あお》られ、二人の髷は乱れて汗ばんだ頬やうなじにまつわりついていた。

圭之助が鋭いヤ声とともに猛然と斬りつけていったが、甚之介はがっしりと鍔元で受け止めて跳ね返した。

圭之助がたたらを踏んで躰を泳がせたが、その一瞬の隙を逃さず甚之介は躰を反転させざま片手殴りの一撃を圭之助に浴びせた。

間一髪、圭之助は刃を摺りあげて甚之介の脇に鋒を送りこんだ。

甚之介は身をひねってかわしざま、体勢の崩れた圭之助の左肩口に上段から斬りつけた。

圭之助はとっさにかわしたものの体勢がくずれ、腰を落としかけたが、そのまま鋒を甚之介の胸に繰り出した。

その鋒をかわそうとした甚之介が、芦の根に爪先がひっかかってつんのめった。

圭之助が跳ね起きざま、上段から刃を斬りおろそうとしたときである。

風を斬り裂いて飛来した一本の矢が、深ぶかと圭之助の肩口に突き刺さった。

「うっ！」

たまらず圭之助がよろめいた。

「伏兵とは卑怯《ひきょう》だぞ！」

「違う！　おれじゃない！」

甚之介は愕然《がくぜん》としてふりむいて怒号した。

「何者だっ！　出てこい！」

その胸にたてつづけに飛来した矢が突き刺さった。

「う、ううっ……」

たまらず、甚之介ががくんと膝を折った。

そのとき、芦原の一隅から湧き出した一団の侍が、手に手に白刃《はくじん》を抜きつれて疾風のように殺到してきた。

「お、おのれっ！　きさまら何者だっ」

圭之助が眦《まなじり》引き裂いて怒号した。

「黙れっ！」

一団をひきいてきた臼井孫十郎が刀をふりかざし一喝《いっかつ》した。

「成宮圭之助！　上意により成敗する！」

「臼井どの！　これは二人の果たし合いにござるぞ。しかも飛び道具とは卑怯なっ」

圭之助が悲痛な声をあげたときである。

横合いから平蔵が一気に飛び込んでくると、矢傷を負った圭之助をかばうように立ちふさがった。

「成宮どの！　ご助勢いたす」

「か、かたじけない」

そこへ横合いから白刃をふりかざした刺客が二人、左右から挟撃するように殺到してきたが、平蔵は左から斬り込んだ刺客の胴を横殴りに斬り割ると、返す刃で右からしゃにむに刺突の鋒を繰り出してきた刺客の刃を跳ね返しざま、伸びきったうなじを両断した。

噴きあがった血しぶきが、強風に煽られて空に舞いあがった。

それを見てたじろいだ刺客の群れの背後から伝八郎が躍り込んでくるなり、刃唸りのするような剛剣をふるってたちまち二人を左右に斬り伏せた。

「なにが上意だ！　ここは公儀のお膝元だぞ。田舎大名の上意なんぞ通用せん！」

猛然と一団のなかに斬り込んでいった。

「いかんっ！　邪魔がはいった！　引けっ、引けっ！」

臼井孫十郎が声をかける間もなく、伝八郎が孫十郎の肩口を袈裟懸けに斬り割った。

残った水無月藩士はたちまち戦意を失い、芦をかきわけて逃走していった。

成宮圭之助は肩口に刺さった矢をみずから抜き取り、倒れている鉢谷甚之介を抱き起こしたものの、数本の矢を胸に受けた甚之介はすでに絶命していた。

「甚之介っ……」

圭之助のはらわたをよじるような号泣が芦原に響き渡った。

八

矢傷を負った圭之助を待たせてあった川船に乗せ、小名木川から横川《よこかわ》を抜けて隅田川《すみだがわ》に出て、柳橋の袂《たもと》で川船をおりると駕籠《かご》を頼んで浅草の圭之助の自宅に急いだ。

由乃は圭之助の無事な顔を見るなり、思わず双眸《そうぼう》をうるませた。

圭之助を奥の六畳間に寝かせた平蔵は、肩の矢傷の手当てにかかった。

出血はさほどでもなかったが、ともかく焼酎《しょうちゅう》で消毒してから傷薬を塗りこんで縫合し、包帯をした。

「今夜は熱が出るかも知れぬが、さほど心配なさることはあるまい。なにかあれば、それがしに使いを走らせてくれれば目と鼻の先ゆえすぐにも駆けつける」

そういいおくと、由乃に見送られて伝八郎とともに辞去した。

「さてと一杯やりたいところだが、また日を改めてということにするか」

「そうよな。それにしても、よい、ご新造だのう。さすがは武家の出だけあって取り乱しもせず、気丈《きじょう》に振る舞っておったな」

伝八郎は感に堪えたように唸った。

「それに、あの器量よしとくれば、成宮どのも禄を捨てて脱藩し、駆け落ちしてでも悔いはなかろうて……」

「なにをいうか。きさまとて育代どのという恋女房が帰りを待ち焦がれておるだろうが」

「おい、よしてくれ。あれは恋女房という柄じゃないわ」

「いいのか、おい。おれにだんまりで三味線堀でこっそり所帯をもってにやついておったのを忘れたとはいわさんぞ」

「ちっ！　それをいうな、それを……」

「ふふふ、三人もの子持ちの育代どのにぞっこん惚れ込んで、観音さまの化身だと惚気《のろけ》ておったきさまの顔を、おれはいまだに忘れておらんぞ」

「わかった、わかった。それをいうな、それを……」

伝八郎は照れ隠しに頬をぴしゃりとひっぱたいた。

「それにしても水無月藩はこのあと、どう出てくるかの」

「そうさなぁ、あれだけ江都にごろごろと藩士の屍体の山を残したんだからな。いくらなんでも幕府も黙っちゃおられんだろうよ」

数日後、深川十万坪に残された屍体はすべて水無月藩士のものだったことから見て、北町奉行所は藩内抗争の私闘によるものという裁断をくだした。

その十日後、幕府は将軍吉宗の上意により、江戸市中において再三にわたり刃傷沙汰《にんじようざた》を起こした水無月藩の藩政不行届きと、藩主下野守宗勝が功臣を退けて遊蕩《ゆうとう》に耽《ふけ》りたる罪を咎め、宗勝に永代蟄居《えいたいちつきよ》を命じ、世子《せいし》宗善《むねよし》をもって藩主とするよう命じた。ただし、宗善はまだ十五歳の若年につき一族の名門、堀田直定《ほったなおさだ》を補佐役とするよう付記した。

また、側用人の三沢主膳は藩政を壟断《ろうだん》し、私腹を肥やした罪は到底許されぬと厳しく叱責《しつせき》したうえ、主膳は切腹、一族の者はすべて藩外追放に処するよう命じた。

郡代の高坂将監は新しく執政の首座につくなり、すぐさま平岡源右衛門の蟄居閉門を解いて郡奉行に復帰させた。

また成宮圭之助と由乃には脱藩の罪は咎めぬゆえ、帰国するようにうながしたが、二人はともに江戸の市井《しせい》にとどまりたいと願っている。

源右衛門は二人の初子を待ちきれず、圭之助を養子に迎えたい意向だというから二人の悩みはつきない。

鉢谷甚之介の家は断絶し、妻の芙美は生家に引き取られて夫の冥福《めいふく》を祈る日々を送っているという。

（ぶらり平蔵　上意討ち　了）

参考文献

『江戸10万日全記録』　明田鉄男編著　雄山閣
『江戸あきない図譜』　高橋幹夫著青蛙房
『大江戸八百八町・知れば知るほど』　石川英輔監修　実業之日本社
『もち歩き江戸東京散歩』　人文社編集部　人文社

コスミック・時代文庫

ぶらり平蔵《へいぞう》

決定版⑭上意討ち

2023年4月25日　初版発行

【著者】
吉岡道夫《よしおかみちお》

【発行者】
相澤　晃

【発行】
株式会社コスミック出版
〒154-0002 東京都世田谷区下馬6-15-4
代表　TEL.03(5432)7081
営業　TEL.03(5432)7084
FAX.03(5432)7088
編集　TEL.03(5432)7086
FAX.03(5432)7090

【ホームページ】
http://www.cosmicpub.com/

【振替口座】
00110-8-611382

【印刷／製本】
中央精版印刷株式会社

ISBN978-4-7747-6464-1 C0193